编委会

顾问：

李润田　王才安　孙培新　王文金　张秉义　关爱和　娄源功

编委会主任：

卢克平　宋纯鹏　张锁江

编委会副主任：

谭　贞　张宝明　季　波　许绍康　孙君健　孙功奇　杨朝阳
王学路　冯淑霞　傅声雷　张立新

编委会委员：(按姓氏拼音排序)

蔡　军　程遂营　丁翼虎　冯淑霞　傅声雷　洪　浩　桓占伟
姬志闯　季　波　孔令刚　李永鑫　卢克平　苗长虹　祁琛云
任东景　宋丙涛　宋纯鹏　孙功奇　孙君健　谭　贞　王鹏飞
王思琦　王性玉　王学路　武新军　席卫权　许绍康　杨朝军
杨朝阳　杨光辉　杨国安　于华龙　展　龙　张宝明　张大超
张立新　张锁江

丛书主编：

孙君健

执行主编：

展　龙　杨国安　桓占伟

副主编：

丁翼虎　孔令刚

"夷门传薪学人传"丛书

丛书主编 孙君健

执行主编 展龙 杨国安 桓占伟

夷门传薪学人传

李润田

刘静玉 著

河南大学出版社
HENAN UNIVERSITY PRESS

· 郑州 ·

图书在版编目(CIP)数据

李润田／刘静玉著. -- 郑州：河南大学出版社，2022.8

("夷门传薪学人传"丛书／孙君健主编)

ISBN 978-7-5649-5274-7

Ⅰ.①李… Ⅱ.①刘… Ⅲ.①李润田-传记 Ⅳ.①K825.46

中国版本图书馆 CIP 数据核字(2022)第 147290 号

夷门传薪学人传　李润田
YIMEN CHUANXIN XUEREN ZHUAN　LI RUNTIAN

责任编辑	王丽芳　郑华峰
责任校对	谢明子
封面设计	翟淼淼
出版发行	河南大学出版社
	地址：郑州市郑东新区商务外环中华大厦2401号
	邮编：450046　电话：0371-86059701(营销部)
	网址：hupress.henu.edu.cn
排　　版	河南大学出版社设计排版部
印　　刷	河南瑞之光印刷股份有限公司
版　　次	2022年8月第1版　　**印　次** 2022年8月第1次印刷
开　　本	889 mm×1194 mm 1/32　**印　张** 6
字　　数	132千字　　　　　　　　**定　价** 26.00元

版权所有·侵权必究

本书如有印装质量问题，请与河南大学出版社营销部联系调换。

述往事思来者根在夷门
（总序）

夷门，是一个比开封还古老的名字。

夷门是战国魏都城的东门，因城门修在夷山之上，故名。

夷门最早的故事与魏公子无忌有关。无忌为战国时期魏国第五任君主魏昭王的小儿子。魏昭王去世后，无忌同父异母的哥哥圉继承王位，是为安釐王。安釐王封无忌于信陵（今宁陵），是为信陵君。信陵君的第一个故事是养士辅政。其时，魏国在与秦国的对抗中，处在不利地位。信陵君仿效齐之孟尝君、赵之平原君、楚之春申君的辅政方法，养士三千，诸侯因此不敢加兵于魏十余年。七十岁的夷门看守人侯嬴与屠夫朱亥，均为信陵君礼贤下士所交好友。信陵君的第二个故事是窃符救赵。公元前257年，秦围赵都城邯郸，赵王的弟弟平原君求救于魏。魏王派晋鄙率兵十万，到达邺地。但迫于秦威，止步不前。信陵君听取侯嬴之计，窃取虎符，与朱亥前往邺地。在晋鄙对虎符有疑时，朱亥椎杀晋鄙。信陵君率兵救了赵国。侯嬴在信陵君到达邺地时，自刎于夷门。

窃符救赵的故事发生一百余年后，司马迁寻访战国争雄的史迹，来到夷门。对千金一诺、侠义热血故事颇有兴趣的司马迁,在《史记·魏公子列传》中做了上述精彩描述,扣人心弦犹如小说家言。信陵君事迹很多,司马迁只记礼士与救赵;信陵君在魏养士三千,详写的只有侯嬴与朱亥。传记的结尾,意犹未尽,作者再次称赞信陵君不耻下交的礼士精神:"吾过大梁之墟,求问其所谓夷门。夷门者,城之东门也。天下诸公子亦有喜士者矣,然信陵君之接岩穴隐者,不耻下交,有以也。名冠诸侯,不虚耳。"仁而谦恭,礼贤下士,成就大业。这是夷门叙事的第一重启示。

公元前99年,司马迁为李陵事获罪,受腐刑,因著书事业而隐忍苟活。受刑的第二年,朋友任安写信询问情况,司马迁写下了传诵千古的《报任安书》,完整描画了一个知识人最高最完美的理想:"近自托于无能之辞,网罗天下放失旧闻,考之行事,稽其成败兴坏之理,……凡百三十篇。亦欲以究天人之际,通古今之变,成一家之言。"据此话推定,《史记》已大致完成。今传《史记》有《太史公自序》,其有感于自己身世,而追述中国历史中圣贤发愤著述的传统:"昔西伯拘羑里,演《周易》;孔子厄陈、蔡,作《春秋》;屈原放逐,著《离骚》;左丘失明,厥有《国语》;孙子膑脚,而论兵法;不韦迁蜀,世传《吕览》;韩非囚秦,《说难》《孤愤》;《诗》三百篇,大抵圣贤发愤之所为作也。此人皆意有所郁结,不得通其道也,故述往事,思来者。"这种圣贤发愤著述的传统,是司马迁完成《史记》的支撑力量,也化为以立言为志的中国士人生生不息的精神资源。"究天人之际,通古今之变,成一家之言"与"述往事,思来者",共同成为读书人立言著述的最高理想。身为记述唐尧以来中国历史的史官司马迁,历史上却没有留下他本人卒年的记载。近代王国维考证,司马迁大约卒于汉武帝末年。勤奋于"述往事,思来者"之业,究天地之际,通古今之变,成一家之言,燃烧自我之身,不计身后之名。这是夷门叙事的第二重启示。

公元960年,北宋政权以开封为都城建立,从而创造了继唐代后又一个统一王朝的辉煌时代。此时距司马迁《史记》成书,已过去千年。夷门不在,夷山依旧。夷山之上,北宋皇祐元年(1049年)建起了开宝寺塔。塔体外立面均为褐色琉璃砖,浑似铁铸,民间俗称"铁塔"。1912年,铁塔南麓,建立了一所大学——河南留学欧美预备学校(今河南大学前身)。河南大学的学生均以"铁塔牌"自称。铁塔成为这所大学毕业生最早的logo(标签)。当年椎杀晋鄙的朱亥,因窃符救赵之功,被授相印,其封地原名聚仙镇,在北宋末,改称朱仙镇。岳飞抗金,取得朱仙镇大捷,也终没有挽救北宋王朝的命运。北宋的成功,在文治而不在武功。20世纪40年代,陈寅恪为邓广铭《宋史职官志考正》作序,有"华夏民族之文化,历数千载之演进,造极于赵宋之世"的称赞。一个以唐史研究见长的史学家,推重赵宋文化,绝非偶然。赵宋时期城与市合一,不需要再像《木兰辞》所言那样"东市买骏马,西市买鞍鞯"。城与市合一的开封,勾栏瓦肆林立,充满着人间烟火气。唐宋以来实行的科举制度,使寒族子弟也可以像世家子弟一样,通过个人的努力,通达社会与文化上层。读书人生气聚集之时,赵宋时期出现了士大夫阶层。士大夫具有超越特定族群、特定利益阶层的历史眼光和宽阔胸怀。祖籍大梁的北宋大儒张载不失时机提出的"为天地立心,为生民立命,为往圣继绝学,为万世开太平"的"横渠四句",成为新兴士大夫群体理想抱负的经典表达。士大夫群体的思想文化创造力活力四射,宋代理学家、史学家、文学家、音乐家、书法家、艺术家层出不穷,群星灿烂,造诣均达极高水平。宋代理学家将儒释道合一,重建儒学体系。新的儒学体系高扬道德的旗帜,以修齐治平调节士人人生期待,以伦理纲常整饬社会秩序。陈寅恪称赞欧阳修晚年所撰《五代史》的功劳在"贬斥势利,尊崇气节,遂一匡五代之浇漓,返之淳正。故天水一朝之文化,竟为我民族遗留之瑰宝。孰谓空文于治道学术无裨益耶?"五四运动过后二十余年,在抗战的炮火中,陈寅恪坚信造极于赵宋之世的华夏文化,本根未死,终必复振。理想、信念、毅力、气节,是读书人的禀赋;立心、立命、继绝学、开太平,为读书人的价值与责任。以治道学术服务国家人民,乃读书的正途与根本。这是夷门叙事的第三重启示。

北宋时期的国子监所在地位于现在的龙亭一带。明代这里辟为周王府。清初,河南贡院一度迁至辉县百泉,清顺治十六年(1659年)河南贡院在周王府旧址修建。因地势低洼积水,雍正九年(1731年)河南贡院迁至夷山南隅。1841年黄河发水,拆河南贡院房舍防洪,第二年重修,新建号舍万余间。1900年的庚子事变,北京用于国家会试的贡院被毁,河南贡院因房舍完好、交通便利,而在1903、1904年成为科举会试所在地。1905年废除科举,河南贡院就成为上千年科举制度的终结地。1912年,河南有识之士在河南贡院的校舍上创办河南留学欧美预备学校，1923年改建为中州大学，1930年易名省立河南大学。因此，从这套丛书的一个人物林伯襄1912年担任河南留学欧美预备学校的校长开始，河南大学叙事便与夷门叙事有了交集，夷门叙事所体现出的精神基因便在河南大学传承延展。与时俱进，百折不挠，在国家、民族站起来、富起来、强起来的百年沧桑中，河南大学以振兴教育、培养人才服务于民族自立、国家复兴和区域发展，成为中原大地高等教育的一棵参天大树。参天地之化，养浩然正气，育万千桃李，以教育报国。此为夷门叙事的第四重启示。

在河南大学迎来110周年校庆之际，学校编写出版"夷门传薪学人传"丛书，嘱我为序。在准备出版的二十多种学人传中，有在河南大学发展的重要节点上做出了重大贡献的主政者，绝大多数是在学校发展的不同时期在学术进步、人才培养方面成绩突出的教授。名人有言："大学者，非谓有大楼之谓也，有大师之谓也。"这些学者教授就是河南大学的大师。河南大学建立110年来，对国家、对民族的贡献，大部分是通过一代又一代心系桑梓、植根教育的千千万万教育工作者实现的，上述学者教授是千千万万教育工作者的代表。在河南大学这所百年名校中，"究天人之际，通古今之变，成一家之言"的学术创新是他们完成的；"为天地立心，为生民立命，为往圣继绝学，为万世开太平"的学术理想是他们实践的；"参天地之化，养浩然正气，育万千桃李，以教育报国"的百年辉煌是他们参与创造的。这是河南大学110年校庆要编辑出版"夷门传薪学人传"丛书的唯一理由。

有形夷门在司马迁生活的时期已经颓毁,而无形的夷门,留在司马迁的《史记》中,留在宋儒的横渠四句中,留在科举旧地与新式教育的交接中,留在河南大学生生不息的生命意志中。在河南大学建校110年之际,河南大学的注册地移至郑州,但河南大学的办学精神,已经融入河南大学的基因与血脉之中。河南大学从留学欧美预备学校的成立,到今天的"双一流"建设,何尝不是河南有识之士与黄河儿女的"发愤"之作!国家兴亡,匹夫有责,读书人更有责。司马迁"发愤","述往事,思来者"而著"史家之绝唱,无韵之离骚";河南大学"发愤","述往事,思来者"而有发展进步的大手笔、大思路。让我们为之共同奋斗。

放眼寰宇的河南大学,根在夷门。

关爱和

2022年7月

(作者为河南大学教授、博士生导师,中国近代文学学会会长。曾任河南大学校长、党委书记。)

前　　言

2022年，恰逢河南大学建校110周年。追溯历史，在河南大学的发展历程中，具有里程碑意义的事件有不少，而恢复校名当属重中之重，没有它就没有今天的首批国家"双一流"建设高校之一——河南大学。李润田先生是河南大学恢复校名、奠定学科发展基础、布局发展大方向的主导者和重要见证者。

1925年，李润田出生于饱受外族蹂躏的东北大地，从小学到大学，求学经历艰难曲折。1953年大学毕业后，他来到河南大学地理系任教，任劳任怨，兢兢业业，取得了很好的学术成就。他在行政管理领域也崭露头角，从教研室主任到地理系副主任，1979年底被任命为学校副校长，1982年2月又被任命为学校(当时名为河南师范大学)校长，开始了近十年的校长之路。

走上校长岗位后，李润田殚精竭虑，深入思考高等教育发展规律，从教书育人、科研导向、学科建设、师资队伍、校园文化、开放交流等方面精心谋划学校发展战略。他顺应国内外发展形势和学校发展需要，积极奔走呼吁，1984年恢复了河南大学的校名，从而开启了建构综合性大学之路。他敢于担当，奋力而为，通过恢复、创设系科、专业，完善学校人才培养体系；采取引进与培养并重的策略,加强高层次人才队伍建设,提升师资队伍水平;科学设定科研导向,培育科研人才、团队,建构科研平台,全面完善学校科研框架体系;通过软硬件建设,优化学校育人环境;开拓期刊出版业务,构建学校文化软实力;实施对外开放交流战略,使河南大学走向世界,全面提升了学校的国际影响力。十年奋斗,学校由师范类院校成功转型为综合性大学,综合实力居河南高校前列,在国内也有很好的名次。2008年河南大学进入省部共建高校行列,2016年入选国家"111计划",2017年入选国家"双一流"学科建设高校。

这十年功不可没。

在引领河南大学走向辉煌的同时,李润田在科研领域也取得了不俗的成绩。1956年,李润田参与中国科学院地理研究所承担、国务院下达的"中华地理志调查研究与编写"的重大课题研究工作,并作为合作者出版学术专著。1958年,他带领部分师生深入调研、编著出版的《嵖岈山人民公社地理》,成为开展小区域经济地理研究的典范,并被作为中国地理学界的代表成果在第21届国际地理大会上展出。1979年,他参加在广州召开的地理学会第四届代表大会,这是人文地理学走向全面复兴的标志。1981年,他在全国第一次人文地理学学术讨论会上提出的观点,得到学术界的充分肯定和高度重视……李润田在农业地理、乡村地理、资源地理等方面做出了开拓性的贡献,他是我国现代人文地理学的倡导者和奠基者,是现代人地关系论的主要发展者,在复兴人文地理学、推动人地关系理论发展等方面做出了突出贡献。2009年,李润田荣膺国内地理学界最高荣誉——"中国地理科学杰出成就奖"。李润田的学术成就促进了河南大学的学科发展。1988年,李润田获得河南大学第一项国家自然科学基金项目,河南大学人文地理学进而在全国享有很高的声誉;在2002年获批的人文地理学博士点的基础上,2005年地理学又获得河南大学第一个一级学科博士点。

李润田后来升任副省部级干部,但是他始终勤俭节约,光明磊落,从不运用自己手中的职权谋私,在学校留下不少"传说"。他平易近人,和蔼可亲,经常深入学生中间调研,在学生心中留下了很多珍贵的记忆。他与妻子伉俪情深、携手并肩、相濡以沫的佳话,在人们口中流传。李润田,河南大学的老校长,写下了自己不朽的传奇。

为庆祝河南大学成立110周年,在人文社科研究院的主导下,学校推出优秀学术传承计划"夷门传薪学人传"项目,我所在的项目组承担了李润田学术传记的写作任务。我于1992年进入河南大学学习,那时李润田刚从校长任上退下来,我和他接触的机会并不多;项目组中另外两个成员年纪更轻,好在读本科时,我们就在河南大学校园内倾听了很多有关老校长的传奇故事。读博士研究生时,李润田参加了我博士论文的开题报告以及后续的论文答辩,有了较多的接触。后来,我留校参加工作,有一段时期,李先生几乎每年都会参加学院的迎新报告会。

2012年的某一天,我突然在我们住的小院里见到了他——之所以说小,是因为这个院子只有两栋楼,几十户人家。有一两次,我随地理与环境学院(原环境与规划学院)领导循惯例在教师节或春节去拜访老教师,在李先生家里,我们面对面坐在客厅的沙发上,听他讲述自己的科研、健身等日常生活,那时的先生已近九十高龄,就是一位慈祥的长者,对我们这些晚辈悉心呵护。

诚然,从1925年至今,时间跨度将近一百年,从贫困家庭的逐梦少年到河南大学校长、河南省政协副主席、河南省科协名誉主席;从一个默默无闻的地理系助教到享誉全国的人文-经济地理学家,时间轴、事件轴纵横交错,纷繁复杂。我们深知,要想将李润田辉煌的人生展现在读者面前,是一项多么艰巨的任务。为此,本书分为三大部分:个人成长、掌舵河大和学术耕耘。三部分看似重叠,实则不然。在时间节点上,第一部分涵盖第二、三部分,但它仅仅是描述个人成长的时间轴线,第二、三部分则分别阐述第一部分涉及的李润田对河南大学的贡献、取得的学术成果。全书分工如下:刘静玉,第一至四章;丁志伟,第五至七章;王小敏,第八章;最后由刘静玉做全书的梳理工作。从框架结构到作者分工,我们的目的只有一个:竭尽所能地为读者展现一个少年立志、奋发有为,助力河南大学走向辉煌的、有血有肉的河南大学老校长,杰出的中国地理学家李润田先生的个人画像。不足之处在所难免,还请各位方家斧正。

本书在资料收集、写作过程中得到了地理与环境学院秦耀辰教授、校园管理处党委书记潘少奇同志、学科处副处长周云凯同志的热心指导和帮助;我的恩师王发曾先生提出了很多非常好的建议;研究生夏鹏、石梦晗同学也协助收集、整理了大量的资料;河南大学人文社科研究院与河南大学出版社分别承担了"河南大学优秀学术传承计划'夷门传薪学人传'项目"的资助和编辑、出版等工作,在此一并感谢!

刘静玉

2022年3月

目　录

第一篇　个人成长：从寒门子弟到中国杰出地理学家

第一章　寒门子弟，少年逐梦 …………………………… 3
一、懵懂少年的小学时光 ………………………………… 3
二、不改初心的中学生活 ………………………………… 6

第二章　大学之路，人生关键 …………………………… 10
一、跌宕起伏的东北大学先修班生活 …………………… 10
二、第一段大学生活：东北大学文学院教育系求学
　　…………………………………………………………… 19
三、投身地理殿堂，奠定人生发展基础 ………………… 22

第三章　筚路蓝缕，毕生奉献河南大学 ………………… 25
一、廿载岁月汗洒地理系 ………………………………… 25
二、铁肩担重任 …………………………………………… 29
三、光环背后的和蔼老人 ………………………………… 32
四、退而不休，奉献社会 ………………………………… 37

第二篇　掌舵河南大学：构建综合性大学

第四章　开拓奋进，绘就学校发展蓝图 ………………… 41

1

一、精心构思,谋划学校发展战略 ………………… 41
二、多措并举,全面推进"综合性"大学的发展 ……… 52

第三篇　学术耕耘:新中国人文与经济地理学发展的践行者

第五章　身体力行,复兴人文地理学 ……………… 85
一、系统阐述人文地理学体系 …………………… 86
二、全面剖析人地协调理论与社会实践 …………… 89
三、系统梳理国内外人文地理学发展历史 ………… 92
四、剖析学科研究属性,提出研究的主要任务 …… 97
五、坚守初心,为人文地理学发展贡献余热 ……… 101

第六章　扎根农业,开创乡村地理学研究领域 …… 107
一、分析农业发展条件,奠定农业区划基础 ……… 107
二、科学开展农业区划研究,服务河南农业发展 … 112
三、回顾河南农业发展历史,提出农业发展策略 … 116
四、探讨农业产业化,为河南农业农村发展出谋划策
　　………………………………………………… 120
五、开创乡村地理学研究领域 …………………… 123

第七章　着眼区域经济发展,践行经济地理学研究 … 127
一、科学总结河南区域发展的阶段性规律 ………… 127
二、系统阐述不同部门、区域的相互关系 ………… 133
三、剖析河南工业布局特征,谋划未来发展路径 … 136
四、开展小区域经济地理研究,影响深远 ………… 139
五、着眼乡镇企业,谋划县域经济振兴之路 ……… 141

六、选择重点部门,深入论证烟草产业与旅游业发展策略 ………… 144

第八章 高瞻远瞩,践行可持续发展理念 ………… 151
 一、准确界定可持续发展的核心问题 ………… 151
 二、科学探索人口、资源、环境与经济协调发展 ………… 155
 三、锁定重点行业,开展河南农业可持续发展研究 … 161

参考文献 ………… 167

附录:李润田科研成果 ………… 170

第一篇

个人成长：
从寒门子弟到中国杰出地理学家

第一章 寒门子弟,少年逐梦

一、懵懂少年的小学时光

(一) 美丽富饶的家乡处于水深火热之中

我国东北地区地处东北亚,毗邻俄罗斯、朝鲜、日本,地理位置极其重要,自南向北横跨中温带和寒温带,它南临黄海和渤海,东、北面是鸭绿江、图们江、乌苏里江和黑龙江,内侧是大小兴安岭和长白山系,中间为我国最大的平原东北平原,形成山环水绕、沃野千里的自然地理特征。东北地区森林蓄积量约占全国的三分之一,拥有宜垦荒地约1亿亩,具备良好的农业发展基础,其粮食生产在全国占据重要地位。东北地区矿产资源丰富,主要金属矿产有铁、锰、铜、钼、铅、锌、金以及其他稀有元素,非金属矿产有煤、石油、油页岩、石墨、菱镁矿、白云石、滑石、石棉等,根据1936年伪满"国务院"的资源调查报告,铁储量约40亿吨,煤炭储量约为30亿吨,松辽平原的石油资源已探明储量占中国的一半左右。

20世纪初,西方列强对中国虎视眈眈,羸弱的清政府苦于应付。明治维新之后的日本对中国东北、整个中国觊觎已久,

1904年2月8日,精心准备的日本挑起日俄战争。清政府宣布局外中立,2万中国人因此死于战火,财产损失折银6900万两。在日俄和谈中,损失惨重的最大战争受害国中国被排斥于和谈之外,被迫接受日俄重新划分东北势力范围的现实。

日俄战争之后,东北逐渐沦为日本的势力范围,日本在东北继续修铁路、开矿、投资建厂,疯狂掠夺。1918年张作霖开始掌控东北三省,东北地区处于奉系军阀张作霖的统辖之下。1922年,当时的奉天省(1929年改名辽宁省)颁布《奉省新学制大纲》,拨款成立一批中等职业学校,许多有识之士也纷纷出资办学。1923年,东北大学成立;1928年,张学良兼任东北大学校长,他还捐资兴办了同泽女子中学、新民小学以及一些职业学校。

(二) 日本疯狂掠夺下的童年时光

清乾隆初年,许多新移民被安置到东北辽河下游平原地区、辽宁省中部,现名为新民市的地方进行开垦,俗称新民屯,后称新民府。1913年,中华民国政府撤销新民府,设置新民县。

在新民县北部有一个叫高台子乡巴家屯村的小村子,1925年7月3日,李润田就出生在该村一个贫苦家庭里。1930年,由于父亲要到新民县城的一家杂货店当学徒,刚满4岁的李润田随家人迁移到县城居住。

1931年,李润田刚刚6岁。9月18日,盘踞中国东北的日本关东军精心策划并发动了震惊中外的"九一八"事变。由于张学良一再坚持"不抵抗政策",在不到半年的时间内,整个东北三省100万平方公里的土地被日军占领。1932年3月8日,在日本关东军和汉奸的"簇拥"之下,溥仪在"新京"正式宣布就任"满洲国执政",傀儡政权伪"满洲国"宣布正式成立。

为了把东北变成扩大侵华战争和发动太平洋战争的基地,日本对东北的经济和资源实行了严厉的统制政策,开展疯狂的经济掠夺,致使东北工矿业畸形发展,民族工矿业凋敝,农村经济破产,东北经济迅速殖民地化。为了最大限度地保证殖民主义物资掠夺,日本不断压缩东北人民的消费水平,1935年以后,日本先后对重要的战略物资和人民生活必需品,实行全面的配售统制,东北三千多万人民陷入了极端贫困与痛苦之中。在杂货店充当店员的父亲李于华每月收入十分微薄,家中又没有房子和田地,全家生活还要靠祖母和母亲给人家洗衣服、做针线活,甚至外出打零工来勉强维持,李润田一家人的生活越来越困难。

(三) 良好家庭熏陶下的小学生活

李润田深受家庭的影响。李润田的祖母刘氏家庭出身很贫困,没上过什么学,但是很有学识,在李润田的印象中,祖母是一个受儒家文化熏陶很深的人。她掌握的故事很多,通过一个个的小故事给他传授学习、做人的道理,她常对他说:"古人为了念好书,不少人头悬梁、锥刺骨,你一定要刻苦学习啊。"还经常说:"一定要有志气,要能吃苦耐劳,不要贪图享受。和人相处时,更要多谦虚,人家敬你一尺,你要敬人一丈……"

他的母亲佟氏出生于一个破落的满族家庭,由于幼小时受到良好的家庭教育,虽然念书不多,却勤劳、节俭、质朴、善良、吃苦耐劳,性格开朗、处事果断,获得了大家的尊重和认可,因此,作为当家人的母亲给李润田的影响至深。

李润田的父亲只念过三年私塾,但是他一生好学,即使当了杂货店店员,还在不断学习四书五经等方面的知识,也因此成为家中最具学识和注重学问的人。

1932年2月,时年7岁的李润田进入新民县立第一小学读书。由于年龄尚小,没有意识到学习的重要性,他的学习成绩一般。即便如此,在远见卓识的父亲的坚持下,家境窘迫的李润田还是念完了初小、高小(共6年),于1938年12月顺利完成小学学业。

二、不改初心的中学生活

(一)伪满治下的压抑与不屈

在父母的支持、亲朋好友的大力资助下,1939年2月完成小学学业的李润田进入辽宁省立新民第一国民高等学校(农科),开始他的中学生活。辽宁省立新民第一国民高等学校(农科)的前身,可追溯到1905年由清末民初的政治家和改革家赵尔巽在沈阳设立的"师范传习所"(即新民公学堂),1938年更名为省立新民第一国民高等学校(农科),如今已经成为1980年创建的沈阳大学的一部分。

在伪满洲国治下的东北地区,日本侵略者极力向东北青少年灌输奴化教育思想,教师也只能按照日本的意图授课,极度压抑的环境摧残了青少年的精神。单纯从辽宁省立新民第一国民高等学校这一名称来看,应该比中学高一个档次,但与正常中学的两个阶段六年(两个阶段:初中三年、高中三年)相比,这个所谓的国民高等学校学制仅仅是四年。在伪满推行的"愚民、奴化"教育政策的影响下,学校设置的文化课程很少,除了学些农业技术课和日语课程外,相当多的时间是到农场去上实习课。

四年的中学阶段时间不长,却成了李润田一生中印象比较深刻的人生历程,他的学习态度、思想发生了较大的变化:第一,立志向学。进入中学后,李润田开始立志向学,他的学习成绩在全班始终处于领先地位。第二,与同学的友谊日渐深厚。小学阶段的李润田性格偏于拘谨,但进入中学后,随着年岁的增长和求学环境的变化,他的个性逐渐开朗起来,和同学们有了更多的接触,建立深厚的友谊。第三,地理科学的萌芽。"九一八"事变后,在救亡图存形势日益严峻的形势下,各地各界群众纷纷要求抗日,社会教育受到了前所未有的重视,这其中就包括进步教师的爱国教育宣传。地理教师吕鸿才的课堂给了同学们很大的启发,从而使李润田和不少同学加深对祖国的热爱,对敌人的仇恨。同时,吕老师地理知识渊博,也激发了同学们学习地理的兴趣,李润田对地理科学的热爱,应当说是从那个时候开始的。第四,思想启蒙。在社会各界"爱国、救国"宣传的影响下,通过深入的交流、反思,李润田对在我国东北、华北地区先后发生的"九一八事变""芦沟桥事变"有了进一步的思考和理性认识,逐渐认清了日本军国主义的侵略本质,从而使他在热爱祖国与痛恨侵略者的问题上态度更加鲜明。可以说,这是他思想上和政治上的启蒙时期,为他后来坚定共产主义信念,加入中国共产党奠定了坚实的基础。

(二) 东北光复,终圆大学梦

1942年12月李润田中学(国高)毕业时,原想考入师道大学(师范大学),但由于政治审查不合格,只能失学在家。他把大学梦实现的希望,完全寄托在东北地区尽快推翻伪满统治、投入祖国的怀抱之上。1943年5月,失学在家的李润田进入新民县公署农业股工作,职位是一般职员。

1945年8月15日,日本宣布无条件投降,李润田的心情和东北父老乡亲以及全国人民一样,像火山迸发那般兴奋、热烈,长达14年之久的被奴役的生活终于结束了,人们扬眉吐气地回到了祖国的怀抱。

压抑了许久的大学梦在李润田的心间再次生根发芽,为了彻底实现自己多年的愿望,东北光复没几天(1945年8月)他就和原来的中学同学纪凤翔、徐柄春等,请了原来教英语的吴老师专门给他们补习英语,为升大学做准备。他们的英语补习刚开始没多久,1946年2月新民县立高中就正式办起了高中二年补习班,于是他们又进了补习班就读。

1946年5月,民国国立东北大学从四川三台回迁到沈阳,并在报纸上公布"先修班"招生的信息。这个消息令东北地区几千名饱尝了十四年奴化教育和亡国奴之苦的失学学生喜出望外、欣喜若狂,他们看到了光明的未来。李润田和不少补习班的同学、同乡毅然决然地乘车去到沈阳,报考东北大学先修班。

考试后没多久,李润田便接到了录取通知,不久,他离开家乡到当时位于沈阳北陵的东北大学先修班报到,开始了自己的准大学生生涯。

第二章　大学之路，人生关键

一、跌宕起伏的东北大学先修班生活

（一）沈阳校区先修班收获颇丰

先修班是中国20世纪40年代，为提高大学程度，对大学低年级学生进行大学预备训练的机构。它附设于大学，始设于1939年9月。后因沦陷区日增，中华民国教育部为救济战区学生，规定凡未考入专科以上学校者，经登记试验后均可入班肄业。1946年，为提高大学程度，重新修订《国立大学独立学院附设先修班办法》及《国立大学及独立学院附设先修班科目表》，其科目以补习高中课程为限，国文、外国文、数学三科为必修课，其余科目分文理两组，包括物理学、化学、生物学、中国通史、西洋通史、中外地理等科目，学生随性之所近分别选习。

1946年5月李润田进入先修班后，被分配到文科乙四班学习。这个班级为男女合班，两年的课程安排得很紧凑，除了政治课外，主要是语文、英文、高等代数、三角、几何、物理、化学等方面的内容，其目的是为即将到来的本科阶段学习打好基础。主讲的师资阵容强大，除了从沈阳名牌高中聘请的业务素质高的老师，其他的主要是大学本科教授。在先修班的第一年，学习环境非常好，日常活动主要集中在东北大学的校本部院内，上课主要集中在文法学院大楼（即汉卿南楼和汉卿北楼），听报告在理工大楼，复习可以到大图书馆，体育活动可以到大运动场。第二年，先修班迁到东北大学校本部路西侧的新址（原为东北大学工学院实习工厂区）上课。在沈阳上学的日子，尽管离自己家乡很近，李润田却很少回家；尽管担任班长杂事不少，但是自己的学习一点儿也没有放松，所以学习成绩一直很好，这也为后来的大学入学考试打下了坚实的基础。

一年多的沈阳校区先修班生活让李润田收获良多，印象深刻。

第一，他以东北大学为荣。

东北大学创建于1923年，1928年爱国将领张学良任东北大学第三任校长。他高度重视教育和人才的培养，提出了"研究高深学术，培养专门人才，应社会之需要，谋求文化之发展"的办学宗旨，先后投入约180万银元扩建校舍，高薪礼聘梁思成、林徽因、章士钊、梁漱溟、罗文干、冯祖荀、刘仙洲、黄侃、刘半农等国内一流的教授来校执教，又购置国外先进实验设备改善办学条件，资送优秀学生出国深造。

东北大学在"九一八"事变之后走上流亡办学之路，1945年抗战胜利后回迁沈阳，学校虽饱经沧桑，但它确确实实是一所具备爱国主义传统的大学。1935年北平市学生救国联合会组织发动了"一二·九"学生抗日爱国运动，流亡办学至北平的东北大学成为"一二·九"抗日爱国运动的先锋队和主力军;1936年12月9日,西安一万多青年学生举行声势浩大的纪念"一二·九运动"一周年的请愿游行,东北大学西安分校的学生走在游行队伍的最前面。抗日战争胜利,东北大学60位师生被授予烈士称号。

东北大学秉承"自强不息,知行合一"的校训,形成"献身、求实、团结、创新"的校风。在东北大学建设时期,先后研发出国内第一台模拟电子计算机、第一台国产CT、第一块超级钢以及钒钛磁铁矿冶炼新技术、钢铁工业节能理论和技术、控轧控冷技术、混合智能优化控制技术等一大批高水平科研成果。东北大学为国家培养了一大批杰出人才,在国内外享有很高的声誉。

李润田在东北大学先修班学习期间,学校"尊师爱生、治学严谨、勤奋向上、争当优秀"的优良学风也在他心中生根发芽,留下了深刻的烙印。他深刻地感受到:一生中能够一度成为东北大学的学生,真是三生有幸。

第二,师恩难忘。

在先修班学习过程中,有几位恩师不仅给李润田传授了很多知识,而且在政治上也给予他很大的帮助。教语文课的李之保、徐英超老师,他们不仅在课堂上讲授很多鲁迅先生的作品,丰富学生的精神世界,而且在课余时间还不断指点李润田他们如何写好作文。老师的引导,对于青年李润田建立正确的世界观和人生观,确立正确的人生发展方向起到了关键性的作用,对他人生道路的选择也产生了很大的影响。

（二）南迁北平后的困境

1947年6月,解放战争进入战略反攻阶段,1948年初,东北战场败局已定的国民党当局为了裹挟东北青年入关,国民党当局命令,将东北大学迁到北平。

学校向广大同学宣布了民国教育部下达的命令,这个突如其来的消息使很多同学深感意外,不随校迁走马上就失学,随学校迁走也是吉凶难测。国民党当局一方面放出谣言,说中共进城后将征集所有青年去当兵,而彼时的人们对共产党、解放军并不了解;另一方面,国民党《中央日报》又宣传"到北平后可以公费读书",国民党特务还以"不迁就通共"相威胁。考虑到北京是文化古都,中国文人对它有一种特殊的情感和偏爱,很多学生心存幻想,总想找一个"世外桃源"安静地读书,因此,很多人认同"为了读书,学校全体迁移,我们也随着去"的想法。在这种情况下,年少的李润田心里很矛盾,经过和家人反复商量后,认为还是随着学校迁往北平为上策,因为可以有书念,以后还可以上大学,否则,就会失学在家。

在李润田的记忆里,他们是在1948年5月中旬,由学校统一安排、分期分批乘飞机去到北平的。没离开沈阳前,听民国教育部宣称已在北平设立临时接待站,一切安排就绪,到北平后发现,国民政府的许诺不实,学生们的热切希望落空了。李润田他们到达北平后,被安排到国子监、文庙等处,睡在走廊上、吃在大院内,每天靠吃玉米面窝头来填饱肚子,真是睡不安生,食不果腹。他们的生活陷入了困顿,精神也处于苦恼之中。

(三)亲身经历震惊中外的"七五"惨案

1948年5月,迁来北平的东北大、中学生已达万人,地方当局无人过问,学生向北平社会局请愿,对方答称"难民已满、爱莫能助"。危难之际,"东北旅平学生同乡会"协助学生寻找驻地、募捐款项衣物,但是由于国民政府地方当局又设立种种限制,民国国立大学的学生靠公费勉强能糊口,私立大专院校和中学的学生们则挣扎在饥饿线上。

6月底,东北学生自动结队到北平市政府请愿,要求增发口粮,停止迫害,从速成立临时中学。北平市政府调集大批军警将学生包围,北平各院校学生闻讯纷纷赶来支援,学生代表提出他们自己的主张之后散队归去,当局却认为这次行动是受共产党的鼓动,随即逮捕学生三十多人,严刑逼供,追问幕后主使人。

7月3日,北平市参议会通过了所谓的《北平市参议会关于救济东北来平学生办法》,提出对东北学生"予以严格训练","并切实考察其背景、身份、学历","思想纯正的学生,暂时按其程度分发东北临大或各大学中学借读","其身份不明,思想背谬者,予以管训,不合格者,即拨入军队入伍服兵役",等等。7月4日早晨,北平各报纸突然登出这个决议案,东北流亡北平各校住宿的墙上也贴出了刊登这一议案的报纸,学生们舆论哗然,奔走相告,至此,政府当局让东北大学迁校的目的暴露无遗。学生们长期集于心中的怒火像火山一样爆发了,在各校驻地,学生们用粉笔在墙上写下各种标语;下午7时,东北大学、中正大学等15所东北院校的学生会代表齐集长白师范学院驻地开会,决定7月5日联合到市参议会抗议。东北大学地下党紧急决定,党员、盟员都参加到游行队伍中去,同时派人去联系北大、清华等北平各校战友予以支援。

7月5日上午7时,东北学生4000余人从驻地至中南海门前集合,东北大学先修班的学生在学生会的直接领导下,一大早在国子监院内会聚,8时许涌向西长安街的市参议院,上午9时许到北平市参议会门前与其他院校学生汇合,到市参议会进行抗议,要求市参议会取消决议,同时提出来不少口号,如"我们要吃饭,要读书""誓死不当炮火""反对市参议会非法决议"等等。同学代表多次交涉,始终无人接待,最后部分学生冲进大楼,发现楼内人员早已人去楼空。学生们大失所望,一怒之下,几位同学搭成人梯,把门楣上"北平市参议会"六个水泥字砸掉,又用沥青写上"北平市土豪劣绅会"八个大字。东北学生的行动得到了北平广大学生的声援和支持,11时许,北大、清华等八院校派代表来慰问,送来"要自由,争生存"的旗帜,大大鼓舞了东北大学生的士气。鉴于到议会请愿毫无结果,东北大学等15个院校组成的主席团经过协商,决定带队到时任行辕主任、北长安街李宗仁副总统住所去请愿。大队到达李宗仁官邸后,发现李宗仁不在。学生们忍着饥饿,冒着烈日,站在马路上,直到下午2时许,李宗仁才回到官邸。李宗仁对学生的处境深表同情,但他的答复不能解决任何问题,使学生们大失所望。群情激奋之下,学生们来到东交民巷一号许惠东议长的住所请愿。这里有警察200余人，宪兵一个排布防，几批学生代表几次和他们进行交涉没有结果。僵持到下午5点左右，208师奉警备总部命令，率两个连到达，装甲车、士兵严阵以待，冲锋枪、轻机枪指向学生。在多轮交涉未果的情况下，饥肠辘辘、疲惫不堪的学生们听从了现场指挥官、警察局副局长白世雄的建议，准备整队离开时，一阵密集的枪弹突然从208师的装甲车和士兵的枪中向广大同学射来，反动派预谋的大屠杀开始了！这次惨案死亡9人，最大的28岁，最小的16岁；造成重伤38人，轻伤100余人，这就是震惊全国的"七五"惨案。

这是自1926年北洋军阀制造"三一八"惨案以来，中国历史上又一个黑暗的日子，是国民政府当局屠杀东北无辜青年学生的有力罪证。这一血的教训进一步唤起了东北青年学生的觉醒，从而更加深刻地认识了政府当局的反动本质。"七五"惨案在李润田心中留下了深刻的印记，他的思想进一步成熟。

（四）亲身经历"七九"请愿活动

"七五"惨案发生后，满腔悲愤的各校同学回到驻地，他们没有被血腥和悲痛压倒，各校学生自治会连夜联络更多的东北来北平的学校。

1948年7月6日，东北22所院校的学生代表在铁狮子胡同东院东北大学驻地开会，成立了"东北学生抗议七五血案联合会"，会后发表了《东北学生为抗议"七五"血案告家乡父老书》。

然而《华北日报》却混淆是非、颠倒黑白,这不但激起了广大同学的愤慨,也为广大师长和各界人事所不齿。北平各大学同学得知"七五"惨案的消息后,纷纷前去东北大学同学驻地表示慰问。7月6日,华北学联召开紧急会议,成立北平八院校学生抗议"七五"惨案后援会,7月8日,华北学联召开会议研究当时形式,决定在7月9日和东北同学联合举行控诉大会,会后进行请愿游行。

7月9日清晨,北平、东北各校学生迅速集合队伍,奔赴北京大学民主广场。上午9时,集聚的学生达到万余人,临时搭起的会场庄严肃穆,主席台正中"东北华北学生联合抗议'七五'惨案哀悼控诉大会"白底黑字的横幅吸引万众的目光,两侧挂满挽联。大会开始前,清华大学代表提议,如果先开控诉会,可能因为耽误时间,被军警包围,无法出去请愿,故大会主席团决定,先去李宗仁官邸请愿。游行队伍由清华大学率先,北京大学殿后,东北各院校在中间,两侧由纠察队保护,北大医学院还组成救护队,队伍高呼口号,直奔李宗仁官邸。10时许,学生抵达李宗仁住处,请愿代表向李宗仁提交了请愿书,提出了"严惩杀人主凶,无条件释放被捕同学,抚恤死难同学,医治伤残学生,撤销对东北同学住处的封锁,保证学生安全,拒绝北平参议会'救济东北来平学生紧急办法',立即解决改善东北来平同学食宿问题"等十项要求。经过两个多小时多轮次的请愿、协商,李宗仁答应"东北学生如无罪,即令释放,如有罪证,移交法院",并承诺保证参加游行同学的安全。下午4时许,请愿结束后的游行队伍回到北京大学民主广场。下午5时,控诉大会开始,祭台上摆放着死难烈士的遗像,两旁排列着成百的花圈和挽联,会上发言的有北平各大学的教授和学生代表,与会学生哭声、口号声连成一片,场面十分感人。大会主席团宣布成立"东北华北学生抗议七五血案联合会"(简称"抗联"),"抗联"多次向北平当局请愿,并组成代表团抵达南京向南京政府请愿。应当说,"七九"请愿是一次成功的示威活动,给国民党当局造成了沉重的打击。

(五) 考入东北大学

影响深远的"七五"惨案和"七九"请愿大游行以后没多久,先修班的学业也面临结束。国统区各大学陆续在各大报刊上登出向全国开始招生的消息,先修班同学有的报了国内名牌大学,如北大、清华、南开、交大等,有的仍然报考东北大学。

经过再三考虑,李润田决定报考东北大学文学院教育系。"七五"惨案和"七九"大游行后,军警对国子监的监视、控制更严,出入十分危险,随时都有被抓走的危险。因此,李润田与几个要好的同学认真考虑后,决定外出租房,几经周折,他们终于在地安门内恭俭胡同58号院临时借了两间房子住下,准备即将到来的高考。

通过近一个月的认真准备,全国统一考试终于有了结果,几个同学均榜上有名,李润田也如愿以偿地被录取到东北大学文学院教育系。

二、第一段大学生活：东北大学文学院教育系求学

（一）专业和思想的嫩芽茁壮成长

1948年9月,李润田开始了自己的大学生活。当时,东北大学文学院和法学院的学生住在阜成门内的光明殿,上课也在光明殿。入学第一天,教育系举行开学典礼欢迎新同学,系主任赵石萍致欢迎词,同时宣布了教学计划和有关规定,第二天便正式上课。

第一学期的课程,除了政治课,还有大学英语、教育学、普通心理学等,课程安排得不重。终于可以安静下来读书了,李润田非常珍惜来之不易的学习机会,他系统学习了文学、教育等领域的知识,在个人修养、治学态度和治学方法等方面受到了很大的启发。经历了半年多教育理论的学习,老教授们的言传身教使李润田对教育工作产生了浓厚兴趣。

北平市图书馆离光明殿近,藏书多,周围环境也好。李润田在课后经常去图书馆看书、写读书笔记。尽管当时北平周围的形势很紧张,有时还可以听到炮声,但是馆内看书的学生真不少。

李润田在沈阳先修班学习阶段,已对国民党政府的反动嘴脸和腐败透顶的本质有了初步的认识,到达北平后,先后经历了"七五"惨案和"七九"大游行两次活动,他的思想更加成熟,爱

与恨也更加分明。在认真学习业务课同时,他冒着风险阅读了一些进步书籍,如《大众哲学》《论联合政府》《新民主主义论》等,思想上更加靠近爱国进步势力。通过同学的介绍,他还参加了东北大学的"七五"图书室和"新教育社"以及"东北地下学联"等活动,李润田对"共产党一心一意为劳苦大众服务"有了初步的理解,基本掌握了辩证唯物主义和历史唯物主义常识,为实现个人远大抱负奠定了很好的思想基础。

在东北大学文学院教育系的学习时间不算太长,但对李润田来说,确实是一生中的关键时期,也是毕生难以忘却的年代。

(二)东北大学投入人民的怀抱

1948年9月12日辽沈战役打响,10月,国民党当局在东北难保、华北危机的形势下,决定"凡外埠迁平各院校及流亡到平之中学生,应一律他迁,借以减轻战时粮食消耗",并借口"保存文化、免遭蹂躏",在报纸上大造舆论,计划把大专院校迁往南方。中共北平地下党发动民众进行了针锋相对的斗争,反对南迁。

国民政府教育部欲将东北大学南迁到福建,东北大学的部分教职员和国民党骨干学生串联在一起,酝酿迁校福建长汀,以方便进一步迁往台湾省,刘树勋校长亲赴福建永安、长汀等地勘察校址。当时东北全境即将解放,平津战役即将爆发,学校内的空气骤然紧张起来,正常的学习无法坚持,随之而来的"迁校"与"反迁校"斗争进入尖锐阶段。以青年军复员兵为骨干的"迁校委员会"主张迁校,以左倾进步学生为主的学生自治会坚决反对迁校,双方展开了激烈的论战和斗争。思想日渐成熟的李润田立场坚定地支持"反迁校"。

在激烈论争无果的情况下,11月初进行全校总投票,包括李润田所在文学院在内的绝大多数师生员工均反对迁校,投票结果可想而知。由于反对迁校的票数占绝大多数,迁校的主张完全被否决。后来,左倾进步学生又去做争取教职员的工作,代校长刘树勋始终表示,"迁校事宜并没有任何决定"。同年11月29日平津战役打响。1949年1月31日北平和平解放,平津战役结束,至此,迁校与否的问题实际上已经没有悬念了。

1949年1月31日解放军开入北平城内进行接管,北平和平解放。流亡北平的东北学生和北平人民自觉不自觉地走上街头进行宣传,歌唱《解放区的天》等革命歌曲。解放军入城仪式更把欢庆活动推向新的高潮,马路两旁的北平大学生、在平东北大学生与北平市人民一齐把目光集中在前门箭楼上,仰望着城楼上的解放军将领,城楼上的将领也向欢呼人群挥手致意,城上与城下,市民、学生与解放军几乎融为一体,锣鼓声、口号声、欢呼声相互呼应,整个北平市完全渲染在一片欢呼的海洋之中。东北大学投入了新中国的怀抱,李润田他们成了新中国的主人。

(三)东北大学回迁沈阳

1948年12月,中共中央决定建立中共北平市委和北平市军管委,准备接管北平市,1949年1月,中国人民解放军北平市军事管制委员会成立,叶剑英任主任,并宣布对北平市辖区实行军事管制。

大约在1949年2月中旬,北平市军事管制委员会在光明殿召开了东北各院校全体师生大会,北平军管会负责人宣布,在北平的东北各院校一律返回东北解放区办学。没多久,在学校的统一领导下,东北大学的学生一起坐火车顺利地返回沈阳。根据东北行政委员会的安排,长春大学、沈阳东北大学(文、理和法商学院)、长白师范学院合并到1946年于解放区创办的东北大学(校址最初设在本溪,1949年7月迁至长春)。

新并入东北大学的学生被安排参加学校举办的政治理论学习班,学习的课程主要是政治课(哲学、党史等)和专题(苏联问题、美国问题以及国际形势等),学习方式是集中听课、分组讨论与军事化操练,学员待遇是供给制,李润田在三部四班学习。经过为期半年的学习,李润田对马列主义和毛泽东思想有了比较系统的认识和理解,他认为,这次学习对刚踏入老解放区的青年学生来说,是十分必要,也是非常及时的。

三、投身地理殿堂,奠定人生发展基础

(一) 再次考入东北大学

为期半年的东北大学政治理论班学习结束后,综合考虑到参加学习班同学的实际情况,学校对结业的学生做出灵活安排:第一种情况,学习程度较好的,统一参加大学入学考试,达到录

取标准的,继续升入大学读书;达不到录取标准的,可参加预科班学习,考核合格后,再进入大学学习。第二种情况,学习程度偏低的,可不参加大学入学考试,直接分配到地方参加工作。

渴望学习的李润田又一次参加了全国统一的大学入学考试,这次他被录取到东北大学地理系。从此,他步入地理学的殿堂,开启了新的人生历程。

(二) 学业有成

1949年9月1日,李润田到东北大学(1950年4月更名为东北师范大学)地理系报到,开始了新的大学生活。

这时的大学远离了战争的喧嚣,恬静、美好,新中国提供了充足的生活保障,学生再也不用为一日三餐犯愁,李润田终于可以全身心地投入到学习之中。他认真学习专业知识,虚心向授业恩师请教,大学期间他从丁锡祉、刘恩兰、张子祯教授等几位恩师身上不仅学到宝贵的治学态度、经验和方法,而且学到了为人处世的高尚品质,为终生从事地理工作打下了初步的、较扎实的业务基础。

伴随着专业知识的积累,四年的大学生活也为李润田革命人生观的形成奠定了坚实的基础。他的政治思想不断成熟,入学的第二年(1950年),他正式向党组织提交了入党申请书,并被确定为重点培养对象。

1953年7月,李润田顺利完成大学学业。四年的大学生活对他而言,是短暂却是极为关键的,这四年为他打下了坚实的地理学基础,确立了正确的政治方向,找准了人生的发展目标。这是他终生难忘的一段人生旅程。

(三) 感恩母校

多年后,回顾东北师范大学的求学经历,李润田仍然非常感谢母校的培育之恩。他认为,东北师范大学有很多的优势:第一,党的领导和政治思想工作强,学校的社会主义办学方向十分明确和坚定;始终坚持教学、科研为中心的办学主线。第二,学校有一大批适应国家发展需要的学科;除原有三所大学的教师队伍外,当时还从上海、南京、北京、天津等地引进来一批知名专家、教授,形成了一支老、中、青相结合的、高质量的师资队伍。第三,从事学校管理的是一批懂得教育规律的专家,如先后来校的张如心、成仿吾、何锡麟、吴伯箫、张德馨等。第四,大力发扬了老解放区优良的办学传统和校风、学风,坚持勤俭办学的良好风尚。

尽管成立时间不长,但是,东北师范大学充分发挥了它人才基地的作用,为国家培养了一大批高级人才,因此,李润田以母校为荣。

第三章 筚路蓝缕，
毕生奉献河南大学

一、廿载岁月汗洒地理系

（一）喜忧参半，入职河南大学地理系

1953年7月6日是李润田一生中难以忘怀的日子，这一天东北师范大学公布毕业生工作分配名单，他被教育部分配到河南大学地理系。这是我国中原地区唯一的一所高等院校，学校位于河南省省会开封市区。面对这一分配方案，李润田喜忧参半，喜的是可以实现自己多年以来报效祖国的夙愿，自己的人生也将开始新的征程；忧的是自己将远离家乡，难以照顾日渐年迈的父母。

经过几天的跋涉，李润田于7月13日来到了八朝古都开封。上午11时到学校人事科报到，他被安排到东一斋的104房间。当天下午，他和同来的同学游览了开封市区的马道街、书店街、鼓楼街、中山路、龙亭湖等地，晚上他们又在校园内游览。

李润田觉得，开封不愧是一座古城，到处古香古色，文化气息浓，商业也比较发达，但是缺乏现代化气息，市内没有柏油马

路(仅有几条石头子路),没有公交汽车,交通主要依靠人力车和架子车,民宅、小街简陋,与省会的身份不大相称。河南大学校园面积仅几百亩地,南大门、七号楼、大礼堂等宫殿式建筑光彩夺目,巍峨壮观,使人顿生肃穆之情,但除了上述几座大建筑外,大部分建筑简陋。校内只有坎坷不平的一条石子路,教职工分散居住在市区的民房内,校办宿舍很少。学校当时的状况并没有对李润田的情绪产生多大影响,反而激发了他献身教育、培养人才、改变落后面貌的决心。

(二) 从地质学转战经济地理学的地理系助教

河南大学地理系前身为创始于1923年的中州大学地学系,1949年更名为河南大学史地系,1952年史地分开成立地理系,1953年院系调整,地理系被国家确定为中南区高等师范院校的两个重点地理系之一。正式建系历史不长的地理系,除段再丕、曹东青、魏中谷几位老教授外,又从上海、南京等地引来李式金、许逸超、李长傅等几位较有名气的教授,从而成为当时全国高校地理系中师资力量最强的系之一。

1953年7月14日,到达开封的第二天,李润田去地理系报到。地理系主任李式金和秘书王微之对他表示热烈欢迎,并安排他到地质教学小组做魏中谷教授的助教。

一年后,根据组织安排,李润田又转而为讲授"中国经济地理"的李长傅教授做助教。李长傅早年留学日本,长期在大学从教,专门研究南洋侨史和历史地理学,学识渊博,治学严谨。李先生给李润田留下了深刻的印象,助教工作对他后期的教学和科研产生了较大的影响。

1956年是李润田人生中的关键一年,有两件大事对他影响深远:一是2月份李润田加入中国共产党,实现了他多年的愿望,二是7月份他参加了由中国科学院地理研究所承担、国务院下达的"中华地理志"调查研究与编写的重大课题研究工作。这一课题意义重大,它也是李润田从事科学研究工作的起点。1956年7月至1958年9月,李润田随着地理研究所的专家、学者先后参与完成华东、西南两个地区和华南部分地区经济地理的野外考察和室内编写任务,虽然时间不算太长,但他感觉收获很大。

"中华地理志"调研和编写课题结束后,根据学校统一安排,1958年下半年,李润田随地理系全体师生到驻马店市遂平县嵖岈山人民公社(今遂平县嵖岈山镇)参加"大炼钢铁"的劳动锻炼。其后,根据系领导的安排,李润田继续留在原地,带领部分老师与高年级同学开展嵖岈山人民公社地理的调查与研究,并编写完成《嵖岈山人民公社地理》,由商务印书馆出版。这一成果对开展小区域经济地理的调查与研究起到了一定的示范作用,在学术界引起了比较强烈的反响,并被作为中国地理学界的代表成果在第21届国际地理大会上展出,河南大学地理系也由此开始引起全国地理学界的关注。

(三) 从教研室主任到地理系主任

1959年春，李润田任经济地理教研室主任兼地理系党总支委员，主要给本科生讲授"中国经济地理"和"经济地理学导论"两门课程。

1963年他被任命为地理系副主任，主管科研与师资培养工作。1963年7月至1966年6月，除了讲授《中国经济地理》和《经济地理学导论》外，李润田把全部精力投入到科研和师资队伍的培养和提高上。通过全系教职工三年的共同努力，河南大学地理系的科研队伍不断壮大，科研成果的数量和质量大为提高，出版了《普通地理学原理》《苏联气候》《开封历史地理》《气候学基础》《禹贡释地》和《河南省农业现状区划》等几十项研究成果，这些成果具有较高的学术价值和重要的实践意义。

在师资培养方面，基于高标准严要求的原则，李润田主导制定了教师培养与提高三年规划方案，一方面派出部分青年教师到兄弟院校去学习，另一方面对在校教师加强培养。具体做法是：要求所有教师加强政治理论学习，不断提高学术水平，努力更新知识；加强科研实践，深入实际调查研究；对青年教师配备导师，并制定年度进修计划和定期检查制度。这一系列措施实施效果明显，对地理系以后的发展产生了重要的影响。

1976年"文化大革命"结束，我国社会秩序逐步得以恢复，一切工作重新走上发展的轨道。1977年5月，学校党委为李润田落实政策，恢复了他地理系副主任职务，又任命其为中共地理系党总支副书记。由于系主任空缺,由李润田主持地理系行政工作。根据党中央"调整、改革、整顿、提高"的方针和学校在"整顿中前进,前进中整顿,整顿中提高"的指导思想,李润田从整顿全系的教学秩序入手,采取一系列措施加强教学工作,比如修订教学计划、加强教材建设、开展教书育人等;同时,狠抓科研工作和教师队伍建设及学生的政治思想工作,仅两年多的时间,地理系工作很快进入了迅速发展的轨道。

二、铁肩担重任

(一) 出任副校长,开创科研与研究生工作新局面

1979年底,根据河南省委决定,李润田被任命为学校党委常委、副校长,分管全校的科研和研究生等工作。

在调研的基础上,李润田根据时任校长兼党委书记李林提出的"科学研究应围绕四化建设的需要和提高教学质量进行"的指导思想,采取建立新的研究机构、培养科研积极分子、积极开展学术活动和国内外学术交流等措施,大力推进全校的科研工作。面对"理科过于薄弱,应用研究更为落后"的科研现状,李润田与科研处的负责同志经常深入到几个理科系,采取个别交谈与召开座谈会等方式进行发动和寻找突破口,又及时抓住化学系的典型成功案例进行推广,经过上下的共同努力,物理系、数学系乃至整个学校科研工作相继出现了蓬勃发展的新局面。

面对自己相对生疏而又极为重要的研究生工作,李润田认真贯彻教育部《关于高等学校招收研究生的意见》,做好招生工作;积极争取新的硕士学位点;制定《关于研究生培养和管理工作的暂行规定》,强化管理,提升研究生培养水平。到1981年,学校研究生管理工作走上了健康的发展轨道,政治经济学、逻辑学、中国古代史等7个专业获得硕士学位授予权,这在当时地方院校中还是不多见的。

(二)深入推进河南大学综合性大学发展战略

1982年2月,党委书记兼校长李林调任河南省科学院党委书记兼院长,学校领导层做出调整,由韩靖琦任学校党委书记,李润田任校长。对此,李润田深感压力,但是他更明白自己的责任:新的形势下,要想把学校办好,必须坚决贯彻党的十一届三中全会的重大战略部署和方针政策,全面贯彻党的教育方针,把教学、科研摆在学校工作的中心位置,努力提高教育质量,为国家培养出更多、更好的高质量人才。上任不久,李润田就深入基层,求教群众,用三个月时间走访了学校全部11个系和12个专业及机关的部分处室,充分了解了学校的现状和存在的突出问题,初步明确了如何当好校长,办好这所历史悠久的大学的思路,从此拉开了十年校长(1982年—1991年8月)的帷幕。

当时的河南大学恰似大病初愈,百废待兴。李润田临危受命,他秉持"以人为本、团结和谐、创新发展"的治校原则,提出了一系列发展思路,对内消除弊政、整饬校风,对外放眼世界、开拓奋进。借恢复"河南大学"校名的契机，李润田提出分步骤建构综合性大学的战略构想。他增加或恢复本科专业，大力发展研究生教育；完善各项规章制度和人才培养体系，强化人才培养质量；加强硬件建设，优化育人环境；采用引进和培养并重的策略，广揽名师、内部挖潜，加强师资队伍建设；科学设定科研导向，勾勒学校科研蓝图；支持成立全省高校第一家出版社，创办具有国际影响力的学术期刊，提升学校文化软实力；开门迎客、自信走出国门，全面提升河南大学的国际知名度和影响力。十年后，学校各项事业朝气蓬勃，综合性大学战略稳步推进、成效显著，学校综合实力跻身全国百强。2008年10月，河南省人民政府和教育部签订共建协议，河南大学正式进入省部共建高校行列；2016年9月，学校入选国家"111计划"；2017年9月又入选国家"双一流"建设高校名单。这一切，李润田校长功不可没。

1993年，李润田被英国剑桥国际传记中心董事会评选为"世界著名知识分子"，获赠证书和金质奖章。鉴于他在治学、治校、育人方面的突出贡献，2009年，李润田教授荣膺国内地理学界最高荣誉——"中国地理科学杰出成就奖"。2017年，为庆祝建校105周年，学校开展"感动河大"人物评选活动，9月25日晚上举行颁奖典礼，第一个登台领奖的是河南大学原校长李润田，当他向台下致意时，雷鸣般的掌声响起，河南大学师生借此表达对奉献者的敬意与爱戴之情。

（三）恪尽职守，服务社会

1983—1987年李润田当选为第六届全国人大代表；1984—1988年李润田当选中共河南省委委员；1988年1月当选为第六届河南省政协委员、常委、副主席，还被任命为政协河南省委员会党组成员，同年又被任命为河南省人民政府教育咨询组成员。担任第六届全国人大代表期间，他深入基层视察，体察民情，反映民意，多提议案，提好议案，尽到了人民代表应尽的责任。在担任省政协副主席期间，积极参与他分工主管的科教文卫工作，深入基层进行专题考察，兢兢业业履行自己应尽的职责。

李润田还有其他社会兼职：中国古都学会副理事长、全国经济地理研究会副理事长、中国地理学会理事、中国高等教育学会理事、中国地理学会经济地理专业委员会委员、人文地理专业委员会委员、《经济地理》杂志编委、河南省农业区划委员会顾问、湖南省经济地理研究所顾问、河南省地理学会理事长、河南省生态学会副理事长、省教授协会副会长、省社科联副主席等职，无论在哪个岗位，他总是能根据相关安排，甘于奉献，勇于担当，努力做好工作。

三、光环背后的和蔼老人

（一）平易近人，润物无声

李润田任校长多年，又身为省级干部，却总是那么平易近人,和蔼可亲。

任校长期间,他隔三岔五到学生宿舍转悠,还经常与同学们一起排队买饭。由于衣着简朴又毫无架子,他在学生宿舍甚至被年轻的校卫队队员盘问过。一位1990届校友回忆,在他报到的第一天,有一位其貌不扬的老头儿到他宿舍与之闲聊,第二天在开学典礼上他发现,昨天那个老头儿端坐在主席台正中!巧合的是,在他离校前夕老校长又再次到了他们宿舍。这无意而为之的"迎来送往"成为这位校友最珍贵的记忆。

很多学生还会有这样的印象:在明伦校区的林荫小道上,一位和蔼可亲、精神矍铄的老者,一路走着,笑着,打招呼,点头致意……在明伦校区南门口,经常会碰到一个和善的老者,他会笑着和你聊天,但是,让人顿生紧张的是,有时他会指着大门内侧门楣上"明德、新民、止于至善"八个字,让你解释一下,……

校公共浴池的张师傅聊起李润田,就像在说自己一位多年的老友,"老校长那人没有一点儿架子,……他在位儿的时候就经常来我们这儿洗澡、理发,退休以后也来,有时候我们还一起聊聊天儿……"

老校长搬入新家后,每每见到院里的邻居,他都会聊上几句。有一天早上,我见他提着一袋子的早餐从外边进来,我和他打招呼,得知他刚从位于明伦街的东京大市场回来——那一年老校长已近九十高龄。

（二）教书育人，桃李满天下

在从事系、校行政工作期间，李润田仍挤出时间坚持教学和科学研究工作。

李润田主要担任人文地理学和经济地理学的硕士研究生导师，自1983年开始招生到1997年，先后共培养12届（城市规划、乡村地理、区域经济地理与开发等方向）硕士研究生37人。

据后期的跟踪调查，李润田的学生有的进一步攻读了博士学位，很多人晋升了高级职称，有的当了中层领导。覃成林、袁中金是他的第一届硕士，覃成林现在是暨南大学经济学院教授、博士生导师，兼任暨南大学经纬粤港澳大湾区经济发展研究院院长、区域发展研究中心主任、广州市重点研究基地粤港澳大湾区经济发展研究中心主任、中国区域经济学会常务理事及学科建设委员会副主任、中国区域科学协会常务理事及区域经济专业委员会副主任、全国经济地理研究会顾问（1999—2018年担任该学会副会长）；袁中金现任国家建设部村镇建设专家委员会委员，苏州科技学院城乡一体化研究中心主任，城市规划与设计专业硕士导师（城镇化与区域规划），苏州城乡一体化改革发展研究院副院长。

（三）克勤克俭，光明磊落

李润田担任校长十年，后又担任过河南省政协副主席，虽然手中有了一定的权力，但他却从来没有为自己谋取私利。学校建设图书馆、科技馆、外语楼等,资金数额巨大,他认真调度,仔细审查,确保每一分钱都用在实处;人员招募、职称晋升、干部调动,一些人挖空心思联络疏通,他却坚持调查研究,选贤举能,确保每一个决定都禁得起推敲。

学校办公室至今还流传着他的一些趣事。一次,老校长带团出国考察,为了节省外汇,他们每人都带着一大包方便面;考察归来,他的那一份差旅补助没有去领,至今还存在校办公室。他要去南京参加学术会议,校办工作人员安排了车辆送他去火车站,司机师傅一大早赶到家属院,却听说他已经步行去解放路的北道门坐公交车了。李润田退休后,省里为他配了专车,除了外出开会、公干,他从来不去麻烦司机师傅。

1985年左右,李润田搬进河南大学南门对面的家属楼,并且在那儿一住就是近30年。后来,学校又建设了几批新的家属院,有关部门劝他搬到条件更好的房子,他却一直婉言谢绝。2006年,我们去给老校长送答辩的博士论文,他还是在南门那个很有历史的、有些破旧却干净整洁的家中接待我们。进入屋内,让人觉得舒适、惬意——这是一个学者的书斋。2011年,河南省委组织部长叶冬松来汴看望李润田的新闻照片见刊后,让人印象最深刻的,就是其家中陈旧的门窗以及窗台上一点未尽的红烛。架不住更多的劝说,老校长于2012年搬进了位于东环北头的那座公寓楼,房子不大,紧邻公路,平时大货车经过,噪声还是比较大的。

（四）携手并肩，相濡以沫

李润田夫妇给人的感觉是：老校长温文尔雅、人品高尚，他的夫人徐敬文女士温柔娴淑、秀外慧中。自李润田南下入职河南大学以来，他在学校传道授业、著书立说，其夫人徐女士则相夫教子、操持家务。两人育有一子一女，儿子在开封市某工厂工作，女儿在信阳某学院图书馆工作。

几十年来，夫妇两人携手并肩，相濡以沫，在校园内外传为佳话。1986年，老太太偏瘫卧床，此后十五六年，老太太的饮食起居都由老校长一个人服侍。上班期间他在学校备课讲课，处理政务，下班回家洗衣做饭，打扫房间，即使再苦再累，老校长也没有一丝一毫的抱怨。

在老校长的回忆录中，他认为退休后的两大任务之一是：自己有责任拿出一定时间来护理家里长期患病（脑血栓）的老伴，这是晚年生活中的一个重要组成部分。伉俪情深，着实让人动容，为人所称道。2002年后的老校长身体大不如前，经家人、朋友反复劝说，他才同意请一位保姆一起照顾夫人。老校长与人为善、平易近人的作风，夫妇二人同甘共苦、白发相守的故事也深深感动了那位保姆，她一干就是十多年，其间老校长每次提出要给她提高工资，保姆总是想办法推辞，因为在她心里，这对老夫妇不仅是可敬的长者，更像是自己的亲人。

四、退而不休,奉献社会

1991年8月,河南省委、省政府对学校领导进行调整,靳德行接任学校校长,李润田从校长岗位上退了下来;1993年4月他又按照规定,从政协河南省委员会领导岗位上退下来。之后,李润田将自己的全部精力投入到研究生的教学和科学研究工作去。1998年6月,根据中央离退休制度的规定,他正式办理了退休手续,但是,退而不休才是李润田此后生活的真实写照。

(一)继续担任重要社会职务

进入21世纪,当代邪教势力开始出现国际化的趋势,带有典型邪教性质的非法组织"法轮功"在世界范围内蔓延,对人类社会构成共同威胁,给无数家庭和个人带来了灾难性的后果。2001年4月10日,由河南省科技界、社科界、宗教界、法律界、新闻界等有志于反对邪教组织的人士自愿组成的河南省反邪教协会成立,会议选举通过了"河南省反邪教协会"第一届理事会、常务理事会、理事长、副理事长、秘书长人员名单,讨论并通过了《河南省反邪教协会章程》,河南省政协原副主席、时任河南省科协名誉主席李润田当选为第一届理事会的理事长。反邪教协会成立伊始,就举办了"崇尚科学、反对邪教"专家报告会、理论研讨会等一系列科普活动,使广大群众进一步认清"法轮功"组织反人类、反社会、反科学的邪教本质。作为理事长,李润田经常带领相关工作人员到各地市、高校、企事业单位调研并指导反邪教工作,深入反邪教工作一线与工作人员、失足人员谈心,竭力拯救暂时失去方向的"迷路者"。

1992年、1997年李润田分别担任河南省科技协会第四、五届委员会名誉主席,2002年正式进入退休阶段的李润田继续连任河南省科协第六届名誉主席。(2008年第七届科协不再设立名誉主席和特邀顾问。)科协名誉主席虽然属于社会工作,但在实现科教兴豫战略和构建和谐社会中具有重要作用,李润田抱着高度负责的态度和精神,努力做好自己的工作。

(二) 坚持政治学习,参加各种活动

尽管在政治学习方面学校对退休人员没有严格的规定,但李润田绝不放松对自己的要求。他不仅坚持每天阅读报纸、杂志和听新闻联播,而且还要重点学习一些有关的政治专题材料,同时坚持参加河南省委召开的一些重要会议,从而使自己在政治、思想上一直保持着清醒。

由于几十年来一直从事地理教学和研究工作,退休后的李润田自然地把更多的精力放到这个"偏好"上,他笔耕不倦,在学术期刊上发表多篇论文。学院为了激励学生的学习热情,多年来总是邀请李润田在迎新会上发言,每次他都会精心准备发言稿,采用惯有的谦恭、启发性的方式对学生进行劝导,以至于许多毕业多年的学生,至今还能清晰地回忆起那个发言的"老头"——李润田先生的谆谆教诲。

第二篇

掌舵河南大学：
构建综合性大学

第四章 开拓奋进，绘就学校发展蓝图

一、精心构思，谋划学校发展战略

（一）辩证唯物主义视角下的高等教育发展观

在高等教育领域，坚持发展的观点是政治经济社会日益增长的高层次精神需求在教育层面的聚焦和反映。在近十年的校长任期内，李润田不忘初心，勇担使命，用发展的眼光辩证地看待高校的发展变革，将改革开放的时代背景与办好河南大学的目标紧密结合，精心构思学校发展战略。

1. 顺势而为、敢为人先的高校发展观

几十年风雨历程，河南大学数易校名，后又折枝成林，落地开花，为新中国高等教育的发展做出了不可磨灭的贡献。1980年代，改革开放的浪潮席卷全国，许多高校积极响应，拉开了高等教育界改革的序幕。武汉大学率先占领改革的制高点，华中理工大学（原华中工学院）紧跟其后。高校改革的浪潮风起云涌，各项事业如火如荼地进行，身处其中的河南大学（当时为河南师范大学）看到了学校发展的契机，自然不能也不会袖手旁观。

李润田校长认为,地方高校是改革浪潮中的中坚力量,只有在发展的过程中以时代背景为前提,结合自身区域特点,针对学校地方本科的属性,立足学生的生态需求和自身选择,顺应地方经济形势的发展,凸显自身个性与特色,找准高校的定位和立足点,才能在芸芸高校之中脱颖而出。基于这样的发展观和对高等教育发展内在规律的深刻理解,李润田带领班子成员,开启了新征程:恢复河南大学校名、构建综合性大学。

2. 坚守初心、牢记使命的教育发展观

办学理念是大学的灵魂,决定学校发展的方向,是融化在骨子里的使命感和责任感。李润田强调办学理念要与时代发展相呼应,与历史积淀相联系,与社会环境相协调,与高校自身基础和条件相一致,同时应高瞻远瞩,立意深远,把握高等教育的本质和内在联系,总结高等教育的发展规律,方能找寻到适合学校发展的路子。他提出三个"坚守"原则,即坚守"育人启智"、坚守"学术自由"、坚守"三风建设"。

(1) 坚守"育人启智"。李润田认为,学校想要办好,就必须坚守"以生为本"的初心,实现学生学习生活的最大利益化。第一,优化"育人"环境。高校要营造浓郁的学术氛围,将学术自由、大学自治作为永恒追求,将知识产出和更新作为回报社会的最大动力,把握好社会服务尺度,避免失去大学的根本。第二,明确"育人"的目标。大学要培养具有家国情怀、心怀天下的智者,而不是精致的利己主义者或高智商低素质的知识拥有者。学生要具备丰富的知识储备,更应该具备人文素养和道德情操。第三,更新"育人"理念。他认为"育人"理念既要遵循大学内在的规律性,又要符合外在的社会性。只有这样,才能提升"育人"质量。

(2)坚守"学术自由"。大学的生命之源在于学术自由,它是每一所高校为之奋斗的目标,真正的学术自由要做到教师和学生的自由。教师的学术自由在于他可以自由地进行有价值的学术研究,只要有益于学校发展,就可以按照内心的意愿进行。学生的学术自由在于他可以自由地选择课程、自主选择学习方式、自主掌控时间,学生的兴趣应该被鼓励,想法应该被引导,学生有为自己负责的权利和义务。行政要为学术让步,行政管理的目的是创造更好的条件和环境,让师生获得自由发挥的舞台。

(3)坚守"三风建设"。精神文化是校园文化建设的核心内容,是校园文化建设的最高层次。李润田认为,校风是学校的品位和格调,是办学理念的拓宽、延伸和具体化,体现着学校的人文关怀、价值追求和办学定位;要善于寻找自身差距,借检查的东风认真整顿校风、校纪、校貌,优化学校育人环境。他强调校风、学风、工作作风建设在学校管理上具有特殊的同化力、促进力和约束力,要落实到学校的各个层面,在师生中形成积极向上、竞争与合作的氛围。

(二)"教书育人"为核心的人才培养观

"育人"是高校的基本功能,学校一切工作、所有制度和措施围绕人才培养展开。李润田提出以"教书育人"为核心的人才培养观,指出"教书"是育人的核心,"管理"是关键,"服务"是基础。

(1)"教书"是育人的核心。李润田强调要发挥教师知识传递者的重要职责,把教书育人当成头等大事来抓,采取多种措施促进教书育人工作的深入开展。首先,从机构设置、实时评估、定期交流育人经验等方面入手,全方位开展教书育人工作;其次,从教材建设、教学内容和教学方面、考核方式等方面改革教学内容和方法;最后,提出面向农村、面向中学、面向基层,加强思想教育、加强管理、加强专业训练、加强教学实践环节,提升学生实践动手能力。

(2)"管理"是育人的关键。只有管理到位,学校的育人秩序才会井井有条,人才培养工作才能顺利进行。李润田以教学管理改革为突破口,更新教育思想,加强组织领导,理顺管理体系,强化管理功能,以形成良好的教学管理机制体制。采取如下措施:第一,强调教学计划或者培养方案的"教学立法性",实行学年学分制,改革优化教学管理制度。第二,推动双向变动的"学制浮动"学籍制度改革,强化竞争意识,提升育人质量。

(3)"服务"是育人的基础。李润田强调,要坚持"服务育人"的宗旨,除了传递科学文化知识,更应该调动广大职工的积极性、主动性、创造性,为学生的成长打下坚实的物质基础。李润田非常重视学生的日常生活,认为只有吃饱穿暖、心情愉悦,才能更好地进行智力活动。除了提供物质生活服务,"服务育人"更应该上升到精神层面的服务,学校要为师生营造一种包容的、多彩的文化氛围。

(三) 平衡各方关系,有所倾斜的科研发展理念

李润田强调,河南大学既要是教育中心,又必须是以科学研究为重心的高水平大学。为此,他提出在平衡中有所倾斜的科研导向。

(1) 平衡各方关系,相互促进的科研理念。第一,平衡教学与科研的关系。李润田指出,教师要正确处理好教学与科研的关系,以科研促进教学质量,注重培养高质量的人才。要围绕学科建设需要组织科研课题,鼓励对某些学科或交叉学科进行系统的、深入的、专门的研究,并把这种研究转化为新的教学体系。他要求教师把科学研究的成果运用到促进教学内容的更新和教学质量的提高上去,集思广益,不断地补充和更新教学内容,给予学生提供新的思路。同时鼓励教师著书立说,并给予应有的鼓励和支持。第二,平衡个体研究与群体研究的关系。李润田指出,科学研究不仅仅是某一个体的行为,要充分发挥团队协同的优势,实现群体持续创新的能力。第三,平衡本科生与研究生的关系。研究生教育是高等教育的最高层次,是培养在科学研究路上的新生力量的教育,虽然彼时学校的研究生工作刚刚起步,但是应该以学位授予单位的标准严格要求,提升自身实力,有计划、有目标地争取更多的硕士和博士学位授予权,提升办学层次,增加科研实力。

（2）有所倾斜的"协调"发展理念。第一，科研适当向青年教师倾斜。李润田强调，青年学者是学校发展的后备力量和主力军，要有意识地培养有潜力的中青年教师，每年要定时召开座谈会，倾听他们的意见，解决他们的困难，并帮助他们确立科研课题，明确科研方向。第二，科研向自然科学、科技兴农和社会问题方向倾斜。学校在继续保持社会科学科研优势和加强基础理论研究的同时，在经费、人力、时间上对自然科学、科技兴农和社会问题等领域的研究给予重点支持。李润田鼓励教师走向社会，从工农业生产中寻求科研课题，为经济建设服务。另外，协助课题组深入厂矿宣传课题，加强科技成果的宣传，提高转让成果的积极性。第三，科研向新兴学科倾斜。要积极应对高新技术发展，拓展新的研究领域。他鼓励教师基于本学科优势，充分挖掘新兴学科、新兴领域展开研究，重视科研选题的新颖性，通过多种途径寻找国家重点题目或者是某一方面的重点题目。第四，重视高层次课题的申请。李润田认为，学校要围绕重点学科建设、学位点的申报筛选科研课题，要瞄准国家级课题，提高科研选题层次，学校要为开展高水平的重大科学技术研究提供支撑。

（四）强调社会担当和社会服务观

李润田认为人才培养、科学研究归根到底是为社会服务，为此，学校必须明确社会服务的方向，把握社会服务的本质，处理好人才培养、科学研究与社会服务的关系。

（1）注重人才培养质量，优化成人教育办学体系。为顺应改革开放形势和国民经济发展需要，满足人民群众追求知识、提高学业水平的迫切愿望，李润田支持学校在立足全日制教育的同时，基于成人教育的特殊性，对成人教育进行探索和创新，逐步形成了多种形式、多种层次、多种内容、面向多种对象的成人教育办学体系。主要侧重如下工作：第一，注重教材建设。教材要观点新、内容充实、概括性强、目的明确、语言通俗易懂，在保证科学性的前提下，照顾学生的理解能力和熟悉程度，要适合成人使用；鼓励各院系充分发挥校系科齐全、师资力量雄厚的优势，组织有经验的教师自编各层次、各课程教材。第二，规范成人教育模式。除了基础理论、基础知识、基本技能和在校同专业层次要求一致外，特别强调面授时数和考核方式，采取面授随堂作业、平时作业、期终考试三种综合评分的考核方式，使成人教育考试更加科学化、规范化。第三，重视授课教师的人员组成。授课教授主要由具有丰富教学经验和教学能力的教师担任，校、系、室领导和学术带头人要积极参加面授教学，职称分布与在校生授课老师比例基本一致，教师队伍中老、中、青年教师比例须适当。第四，优化成人教育模式。学校根据客观实际及时调整、设置领导机构，将单一的函授教育形式改变为函授、夜大、干训班等多种形式，更好地服务于各个年龄层次、各个职业岗位的需求。

（2）强调科学研究的社会服务功能。李润田强调科学技术在推动社会进步中的重要作用，认为大学要以科学研究为平台，牢固树立科研服务社会的思想,将科研转向工农业生产中的实际问题,将科研成果转化运用到社会生活中去,为国家经济建设做贡献。他鼓励教师面向社会,以应用科学研究为重点,从工农业生产中寻找课题,解决生产技术难题,重视科技成果的社会经济效益。增设研究机构,引导科研机构将研究视野投向具体研究领域,注重解决本地、本省或国内某一生产问题而取得的科技成果,以科学研究的形式直接造福社会,以科研平台服务社会。

(五)坚持"传承"与"创新",引领区域文化建设

大学文化是大学赖以存续的精神之基和生命之本,作为一种经过长期的历史积淀所孕育的思想理念、价值观念和行为规范,具有广泛而深刻的内涵和外延。

(1)塑造学校的文化内涵。李润田认为,河南大学要承担起引领文化发展的重任,保持大学自身的文化品性,必须将大学的办学特色放在首位,形成独具特色的校园精神文化内核。包括两个方面:第一,重视物质文化建设。校园物质文化建设是河南大学加强自身文化建设的最基础最显性的体现,是学校历史和记忆的符号,是文化精神的载体,也是河南大学灵魂的载体,它继承和发扬中国传统文化的内涵,是学习与生活的动力源泉。李润田强调,要继承和保护学校一贯的建筑风格,充分体现历史悠久的特色和蓬勃向上的风气,同时,各个专业用房要基于功能需求设计,不因追求同质化而失去个性。为此,学校调动一切积极因素,集中财力物力发展基础建设。第二,凝练学校的精神文

化。李润田指出,在战火纷飞的年代,河南大学排除艰难险阻,开展正常的教学工作,学校管理井然有序,师生们与当地群众建立了血肉联系。这种勤奋学习、艰苦奋斗、自强不息的传统就是"铁塔精神",它是河南大学的精神财富,是学校的文化底蕴,也是广大师生传承和凝结的精神力量。河南大学要坚定理想,不断地吸收新思想、新知识,将"铁塔精神"贯穿于教学、科研及生活的方方面面,并将这种精神传播出去。

(2) 主动引领社会先进文化建设。大学对社会的文化建设有强烈的辐射功能和示范功能,首先,要继承和发扬中国优秀的传统文化。李润田认为,中国传统节日中蕴含许多正能量,学校要把育人工作与传统节日中蕴含的亲情、感恩教育有机结合,充分挖掘节日背后的深层次内涵,通过学生的社会实践活动,让社会群体认识传统节日的重要性,加深对中国传统文化的理解。其次,通过创新和融合,丰富社会先进文化。一方面是大学的文化创新,大学打造高水平的科研平台,通过平台和媒介进行知识再创造;另一方面是大学通过与外界互动实现文化融合。李润田认为大学不是孤立的,只有融入世界才能释放活力,为此,他主张河南大学在国际文化交流和碰撞中生成新的文化元素,刺激新的文化生长点,最后主动为社会服务,促进社会文化的大发展、大繁荣。学校应根据国家和社会文化发展的需要,利用自身的文化资源,充分发挥理论先导作用,发挥文化振奋人心、凝聚力量的作用,培养新文化的元素和种子(全面发展的个体),提升社会文化水准。

（3）打造与区域文化互动的媒介，提升地方文化品质。河南大学通过出版社的建立和学术刊物的创办，不断深化与区域文化的互动。要始终坚持正确的舆论导向，坚持高校文化引导性、沟通性、实用性的特征，为学校与社会之间的隔阂扫除了障碍，最大限度地实现与区域文化的共享，使社会民众能够迅速地了解高校改革和发展的态势，展现学校文化的深层次内涵，弘扬核心价值体系，发挥校园精神内核的引领作用，引领社会文化走向，提升区域的文化品质。

（六）"引进"与"培育"并重，加快人才队伍建设

师资队伍是学校建设的头等大事，李润田把教师队伍建设放在优先发展位置。通过引入竞争与激励机制，坚持"引进"与"培育"并举，优化教师学缘结构，优化师资队伍。

（1）坚持"为我所用"的人才"引进"策略。李润田认为，教师是一所学校最有力的支撑，没有强大的师资力量，就不能成为一流高校；人才有同化力和向心力，高层次人才在学科里面有地位，有眼界，有广泛的人脉，往往能带动和吸引更多的人才；学校要发展，人才必须跟得上。因此，恢复校名以后，为了加快学科建设特别是理工科和特殊学科的建设，他十分重视高层次人才的引进工作。学校不惜代价，不远千里，通过各种途径在全国高校和科研机构引进了一批高级专家和人才，有力促进了学校的发展。

（2）内部挖潜，强化本土人才的"培育"。在高等教育快速

发展和变革的年代,高层次人才"断层"问题同样成为制约河南大学发展的核心问题。为适应新世纪人才竞争、提高专业整体水平和营造浓厚的学术氛围,李润田主张学校应更新和深化人才培养观念,采取多种措施,吸引和稳定人才,加强师资队伍建设。他提出三个"面向"的多元化人才培养模式:面向学科发展前沿,把追踪国内外先进水平作为培养学科带头人的目标;面向经济建设主场,使学校的尖子人才培养与学科建设主动适应国家经济和社会发展的需要;面向21世纪培养跨世纪高级人才。在他的主导下,学校采取多种措施,加强学科带头人的选拔和培养;不拘泥于形式,全方位、多角度拓宽师资培育的渠道,加快教师队伍的建设。

(七)坚持对外开放与交流,面向世界的国际化办学理念

李润田认为,高校要有实质性突破就必须坚持开放搞活的方针,扩大对外交流,增加学校活力,建立起充满生机的教学科研新秩序。

(1)坚持放眼世界,引进先进文化的开放战略。河南大学自创办之初,就具有敢于冲破世俗的藩篱和封建牢笼的气魄,放眼欧美,建立了一种完全不同于旧式教育的开放式大学。李润田指出,河南大学不仅是中国的大学,也应该具备国际影响力,因此,不能关起门来孤芳自赏,而要以博大的胸怀去吸收和借鉴世界优秀文化。首先,借鉴经验,迎头赶上。要正视与国外先进

国家高等教育的差距,吸收国外先进的科学技术,加速国内培养人才的进程。其次,聘请外籍文教专家、教师。要想真正汲取国外办学精华和理念,就必须引进智力,学校要重视引进一流师资、优秀教材和教学设备、先进教育理念等,为己所用。再次,接收外国留学生。

(2)坚持走出国门,扩大学校影响的对外交流战略。李润田开创了河南大学对外交流的先河。他通过实施管理机构正规化、成立外事办公室、开辟国际交流渠道、向外派遣留学生等措施,使学校由封闭转向开放,为河南大学后来的外事活动奠定了基础。李润田要求在对外交往中,不断发展并扩大与国内外校际间的友好关系,派出学者到国外参加国际性学术活动,邀请外国专家、学者来校讲学,开阔视野,使学校的教学科研水平逐步提高。

二、多措并举,全面推进"综合性"大学的发展

(一)恢复"河南大学"校名,建构综合性大学框架

1. 恢复"河南大学"校名

(1)恢复校名是学校发展的必然选择

河南大学曾几易校名。1912年校名为河南留学欧美预备学校,后历经中州大学、国立第五中山大学、省立河南大学等阶段;1942年改名为国立河南大学;新中国成立后,经院系调整,

校本部更名为河南师范学院,后又经历了开封师范学院、河南师范大学等阶段。

"河南大学"这一校名历史悠久,已然成为学校的名片,享誉海内外,恢复校名是学校发展的必然选择。李润田认为,第一,校名是一所学校办学理念、特色与办学定位的体现。恢复校名是学校长期战略发展规划的需要;是学校顺应区域协调发展,实现转型的重大战略举措;是提升学校整体综合实力,提高优质生源质量,促成地方高校向高精尖名校迈进的桥梁;是学校提高社会影响力、美誉度、社会竞争力的重大之举。校名恢复不仅仅是名称的变化,更重要的是办学理念的进一步梳理。第二,恢复校名符合河南省优化高等教育布局和开封市地府发展的需要。一方面,河南经济快速发展,社会的转型需要地方高校增设短缺专业,满足社会对于新型人才的需要,但彼时河南省没有一所全国重点大学,难以享受《教育部关于恢复和办好全国重点高等学校的报告》这一政策利好;另一方面,作为人口大省,河南省人才短缺问题严重。恢复校名能够使高校更好贯彻社会服务功能,让开封享受高等教育发展带来的影响力和辐射力,增强市校互动,从而充分发挥高校对地方技术创新、文化影响、经济发展和社会进步的贡献。第三,恢复校名能够重新强化广大校友对学校的认同感、归属感和社会影响力。河南大学创建于1912年,办学历史悠久,校友遍布国内外,社会影响较大,但由于学校几经易名,一些老校友尤其是身居海外的毕业生感慨颇深:他们都不会忘记自己是"河大人",然故地重游,物是名非,"有学子而无学校","有祖国而无母校",学校的认同感、归属感会逐渐消亡。更为重要的是,自1912年学校成立至20世纪80年代初,河南大学为国家培养了8万多名学子,广大毕业生遍布世界各地,学校在国内外影响很大,社会声望较高,但50年代中期学校由综合性改变为师范性大学后,学校的发展受到了极大的限制,影响力必然会日渐式微,难以适应全国改革开放发展对培养高级人才的紧迫要求。第四,能够重新恢复学校的国际影响力。学校以前在联合国教科文组织注册的名字是"河南大学",由于几度易名,联合国教科文组织发给学校的一些资料无法送达,导致学校中断了与联合国教科文组织已经建立的友好联系,失去了与联合国沟通、交流的渠道。基于以上认识和考量,恢复原河南大学校名、变师范性质大学为综合性质大学,成为当时摆在校长李润田眼前的一项重要而迫切的任务。

通过对学校现状和社会各界建议进行认真的分析研究,李润田认为,经过多年的积累和近年来的跨越式发展,河南师范大学已经具备了综合大学应有的学科架构、师资力量和精神风貌,将河南师范大学更名为河南大学具备现实可行性,对学校的发展非常有利,势在必行。这也成为全体学校领导的共识,并获得了河南省有关领导的大力支持。

(2)过程曲折,结局美好

1982年新一届学校领导班子上任之后,恢复校名这一工作就进入工作日程。学校曾向有关部门提出要求,希望能恢复河南大学校名,没有获得通过。之后,学校开始向河南省委、省政府有关领导反映问题,寻求支持。时任河南省委第一书记刘杰对恢复河南大学校名的想法很支持,曾多次过问此事。李润田回忆说,当时教育部的一位领导来河南视察,在省委第三招待所召开座谈会(李润田参会),就河南教育方面的问题征求意见,刘杰转达了学校的想法,希望尽快促成此事。时任河南省委、省政府主要领导刘正威、韩劲草、何竹康以及后来调任河南省委书记、省人大常委会主任的张树德等也很关心学校的发展,支持学校恢复河南大学校名。1983年6月,李润田、周守正赴京参加全国六届人大一次会议,在这次会议上,他们递交了提案,希望能恢复河南大学校名。1984年迎来转机,2月11日,时任中共河南省委顾问委员会副主任、原中共河南省委书记韩劲草同志向省委常委书面提出《关于改河南师范大学为河南大学的建议》,阐述了恢复河南大学校名的深远意义以及对河南教育发展的重大影响。2月21日,学校党委正式向中共河南省委报送了《关于将河南师范大学改名为河南大学的请示》。4月6日,中共河南省委常委会议研究决定,同意河南师范大学恢复"河南大学"之校名,并下发豫文(1984)18号文件,以秘密文件的形式发给学校。4月18日,河南省教育厅将有关决定报教育部备案,经过省委、省政府领导的积极协调,5月15日,教育部以"教计字(84)094号文件"通知河南省教育厅,对河南师范大学恢复河南大学校名准予备案。河南大学正式恢复校名后,又请当时中共中央总书记胡耀邦同志亲笔题写了"河南大学"校名。恢复校名后,全校一片沸腾,人人欢欣鼓舞,大家认为这将成为河南大学发展过程中一个新的里程碑。

2. 由师范转型到综合,构建综合性大学框架

河南大学恢复校名,河南大学的性质也逐渐由师范型大学转型到综合型大学。李润田认为,一方面,20世纪80年代的高等教育风起云涌,世界大国纷纷将高等教育作为经济与科技发展的先导力量,我国改革开放的大幕正在徐徐拉开,国家高等教育也应跟上经济改革的步伐,因此,要优化高校内部结构,实现"型"与"类"的转变;另一方面,河南省经济发展相对滞后,优质高等教育资源匮乏,改革开放下的地方经济崛起与发展又亟需高校源源不断地供给新时代人才。总之,单一师范性质的学校定位已经不能满足学校发展的需要。李润田从全局和战略的高度出发,提出用二十年的时间将河南大学办成高水平地方性综合大学:"七五"期间完成学科专业设置,充实学科专业内涵,建立办学体制,提高办学质量,初步建立综合性大学办学模式;"八五"期间,形成若干特色优势学科,通过硕士学位授权单位评审,成为具备举办研究生教育实力的教育综合性大学;再用十年的时间,实现高水平地方综合性大学的发展目标,为学校进入更高层次的办学奠定坚实的基础。在这一思路指导下,学校分期、分批增设短缺专业,调整原有专业,逐步形成了具有自己特色的、门类比较齐全的专业结构体系,实现了由师范大学向综合性大学的转型。学校在《河南大学1986—1990年事业发展规划》中,首次提出了"按照河南四化建设的需要,尽快改变学校性质,努力调整专业服务方向,积极增设新兴、边缘学科,大力加强科学

研究,稳步发展学校规模,逐步向校、院、系三级管理体制的过渡,把河南大学办成更加适应四化建设需要、具有相当规模和较高水平的综合性大学"的奋斗目标。随后学校的"八五"规划和"九五"规划又先后提出了"巩固、调整、充实、提高"的学科建设方针和"继续巩固和扩大现有文理科优势,大力发展应用学科,努力办好社会急需的特殊学科,适当发展工科"的学科建设指导思想,坚持处理好"改老、支重、扩口、增新"之间的关系,进一步加大了专业调整和建设的力度。沿着这一发展思路,到"九五"规划期末,河南大学经过几十年的发展,已从中华人民共和国成立初期的师范院校逐步发展成为一所以培养师资为主,兼以培养其他专门人才的多科性、综合性省属重点大学,成为河南省历史最悠久、规模最大的高等学府,也是国内历史悠久、规模较大的高校之一。

(二) 完善人才培养体系,强化人才培养质量

1. 狠抓教书育人,保证正确的办学方向

恢复校名之后,学校根据中共中央《关于教育体制改革的决定》,把教书育人工作当作头等大事来抓。

(1) 构建德育和政治理论教育机构框架。第一,设立"德育教研室"(处级机构)。学校采取抽调专职教师和从各系聘请兼职教师的方式,构建一支强有力的德育教师队伍,教师在德育教研室的领导下进行德育教学。第二,升级学校政治理论教研。将"马列主义教研室"(原为副处级单位)升格为"马列主义教学

部"(处级单位),优化师资队伍,加强政治理论课教学,把握正确的人才培育方向。

(2)以评促教,强化教书育人。从1986年秋季开始,学校以体育系为试点,开展教学质量评估工作,1987年春季向全校推广。在教学评估表中,将"教书育人""教学态度""思想性""为人师表"等指标作为重要的评估内容,在教书的同时强化了高校"育人"职责。

(3)注重校风、教风、学风建设。把加强校风、教风、学风建设列为重点工作之一,成立"三风"建设领导小组,提出《关于加强校风、教风和学风建设的意见》,强调在"三风"建设中教书育人,促进学校物质文明和精神文明的建设。

(4)完善教书育人机制体制。第一,完善育人的规章制度。学校制定《河南大学教书育人工作条例》,让教师的教书育人工作有章可循。第二,定期召开教书育人经验交流会。从1990年开始,学校把一年一度的教改研讨会改为"教书育人经验交流会",为师生创造研讨教书育人的机会,让广大教师的精力都集中在教书育人上,使教书育人制度化。

2. 发挥自身优势,构建门类齐全的特色专业结构体系

由于学校师范性质的局限,河南大学专业设置一直较为单一。李润田在纪念建校73周年校庆讲话中提到,要从学校实际出发,根据河南"两个文明"建设的需要,有计划有步骤、分期分批地增设一些短缺专业,适当调整原有专业,不断提高体育、艺术等特殊专业的教育质量和培养能力,使学校的专业设置逐步

合理化,形成有自己特色点的、门类比较齐全的专业结构体系。自1982年以来,特别是1984年学校恢复河南大学校名以后,学校先后恢复了教育系、法律系、生物系、计算机科学系和工艺美术与建筑工程系,分设了音乐一系、音乐二系,成立了少林武术学院和成人教育学院,不仅恢复了一些老专业,而且增设了一大批社会急需的短缺专业和应用专业。从1982年至1992年间,河南大学由原来的11个系、13个专业,发展为2个学院、18个系、46个本专科专业,专业数量增加3倍有余。在校学生(含本、专科、研究生、函授生等)数量,特别是1984年之后也有了显著的增长,从最初的不足万人达到巅峰时期的2万余人。

3. 完善人才培养体系,建构教育综合性大学框架

(1) 研究生工作和学位点建设成效显著。河南大学研究生教育的历史可以追溯到20世纪20年代,1978年恢复研究生招生(开封师范学院时期),在教务处设置研究生科,负责研究生招生与管理工作。1979年底李润田升任副校长之后就主抓研究生工作,通过认真贯彻教育部相关文件精神、积极争取学位点、制订研究生培养与管理工作条例等举措,大力发展研究生教育。1981年11月,经国务院学位委员会批准,学校成为国内首批硕士学位授予单位,马克思主义哲学、逻辑学、政治经济学、中国近现代文学、中国古代文学、英语语言文学、中国古代史7个专业获得首批硕士学位授予权,但是,研究生招生人数较少,管理机构和制度也不大健全。1982年研究生科调整至科研处。恢复原校名后,1985年学校成立研究生处,设立办公室、招生科

和学位培养科,改革招生、培养和管理办法,加强研究生指导教师队伍建设和管理,加强研究生的思想政治工作,强化研究生的系统管理。1986年学校自筹经费建设研究生楼,采取教学、生活相集中的管理模式。又拓宽研究生专业范围,特别注重学位点的建设,仅几年的时间取得了突破性的进展,从1978年的零起步到1991年上半年,学校已有18个学科具有硕士学位授予权、1个博士生导师;在校研究生人数由1982年的40人增加到1992年的184人。

(2)加强重点学科建设。1985年5月中共中央在《关于教育体制改革的决定》中提出,为了增强科学研究的能力,培养高质量的专门人才,根据同行评议、择优扶植的原则,有计划地建设一批重点学科。根据这一要求,原国家教委于1987年8月发布了《关于做好评选高等学校重点学科申报工作的通知》,决定开展高等学校重点学科评选工作,重点学科从此正式成为我国高等教育发展中的一个建设重点。1987年10月,河南省正式评选了首批31个河南省高等学校重点学科。经过近十年的艰苦努力,到1991年上半年,河南大学不仅建立了一批重点学科,而且已有5个省属重点学科,占全省高校重点学科的1/6。

(3)构建层次人才培养体系。李润田在学校73周年校庆讲话中提出,要通过专业设置、调整,构建有自己特色的、门类比较齐全的专业结构体系;在《河南大学1986—1990年事业发展规划》中提出,"按照河南四化建设的需要,尽快改变学校性质,努力调整专业服务方向,把河南大学办成更加适应四化建设需要、具有相当规模和较高水平的综合性大学"的奋斗目标。1985年,河南大学在本科专业的基础上设置大专,形成了包括研究生、本科生(含专科起点本科)、专科生(包括五年制大专)的人才培养体系。根据国家经济社会发展的需要,又开设了多种层次的培养形式,包括全日制高等教育、函授生、短训班、校外生、夜大生、助教进修班、进修生、干部专修生等,同时开始招收外国留学生。据统计,河南大学在1984年至1991年间共计培养4万多人次学生,为地方经济建设输送了大量的人才,众多河南大学的校友走向工作岗位,在其专业领域内做出了突出的贡献。

4. 全方位深化改革,提高育人质量

(1) 改革教学管理制度,实行学年学分制。1984年以前,学校实行学年制,在保证教育事业有计划发展和学生有较高成才率方面具有很大的优越性,但是也存在一些弊端。1984年秋季,李润田对教学工作进行深入了解,又广泛收集国内外教学信息,经过分析研究及反复论证,决定在河南大学实行学年学分制。以此为基础,增设课程门类,调整必修和选修课比例,全校本科生课程增加到834门,是改为学分制前的2.5倍;压缩专业选修课时间,增加工具课和新型学科门类,增加实践性教学环节;强调文科课相互交叉渗透的选课原则。

(2) 改革学籍制,充分发挥学生的主观能动性。为了调动学生的积极性和主动性,树立学习的竞争意识,加强优秀生的选拔培养和低差生的筛选淘汰,发挥教学活力,保证教学质量,李润田推动了学籍管理改革,即实行"向上浮动"和"向下浮动"两种方式:"向上浮动",指对年级内涌现出来的优秀学生可以给予免修、主辅修、双学科、提前报考研究生等政策,同时结合学分制,加强对优秀学生的选拔;"向下浮动",指学校坚持"逐级筛选"的原则,实行"淘汰制"和"一门进、多门出"。1988年春,学校被邀请在全国高等学校学籍管理工作会议上介绍了相关经验。

(3)改革教学内容和方法。针对教材更新速度慢、教师单方面知识传授、学生缺乏思考的教学模式,李润田把竞争机制引入到教学领域,鼓励广大教师进行教学内容和方法的改革,加强教材建设,形成具有河大特色的教材体系。他强调,要充分认识到教材建设的重要意义,紧密结合课程建设和教学改革,有针对性地分批进行建设,把它作为学校发展的基础工作。同时,要理顺管理体制,结合教学编写、更新教材,充分调动老师编、审、印、发等方面的积极性,从而提高学术水平和教学质量。在主干课程建设方面,他主张运用新的教学大纲,实现基本内容衔接紧密,重难点突出的整体框架,要求运用启发式及多种现代化的教学设备,使课堂活泼有趣又不失严肃认真的氛围。在最后的考核阶段,结合平时表现和集中考试成绩,使考核的办法标准化、科学化。

(4)以科研促教学,促进教学和科研双向发展。李润田强调,要紧紧围绕学科建设需要组织科研课题,提倡将教师自己的研究成果带进课堂,鼓励著书立说,更新教学内容。科研与教学并举,既提升了教学质量,给学生提供了新的思路,又促进了科研活动的开展。

（5）加强教学实践环节。李润田一直坚持将理论联系实际作为自己的办学思路，注重学生动手能力的培养，加强教学实践环节，不断深化教育实习的改革，为学生创造成长成才的环境。从1984年以来，河南大学也经历着从最初的城市集中学习—分散定向学习—农村集中实习的过程，探索出第二课堂、知识竞赛、生产线考察等多种实践形式。在整个教学实践中，李润田始终强调三个面向（面向农村、面向中学、面向基层）、三个加强（加强思想教育、加强管理、加强专业训练）、一个落脚点（致力于提高教育实习质量），他要求学生认清自己在振兴河南教育中发挥的作用，增强献身教育事业的决心。学生经过实习锻炼，加强了社会责任感，能较快地适应环境，为以后走上工作岗位奠定基础。

（6）教学检查和跟踪调查相结合，服务教学改革。第一，校内进行教学质量检查。从1979年开始实施，教的方面，检查教师的教学思想与教学态度，检查各专业教学计划、教学大纲执行情况、教学进度与教学效果；学的方面，检查学生的学习目的、学习态度与学习效果。第二，毕业生校外跟踪调查。从1982年开始实施，主要跟踪调查毕业生在工作岗位上的表现。第三，校内检查和校外跟踪相结合进行全面分析，把社会上反馈回来的情况作为教学改革的重要依据。据记载，从1982年起到1991年止，学校每三年一次，共进行3次教学检查与校外跟踪调查，效果良好。

【1982年调查案例】

1982年冬,学校组织人力进行校内检查和校外跟踪调查,调查对象为1981、1982两届学生,共调查学生2762人。

调查结果:通过在校4年培养,在德智体几方面基本上达到了培养目标;业务能力比"文化大革命"前的毕业生要高,而且出现了一些拔尖人才。

主要原因是:第一,按照教学计划开出全部必修课程,学生的基础理论、基本知识比较扎实,并获得必要的基本训练。第二,重视扩大学生知识面,较多地开设选修课、提高课。第三,注意科研能力的培养,在毕业论文撰写前就鼓励学生开展科研活动、写作论文。历史系毕业生在《中国社会科学》《文史哲》等刊物上发表文章20篇左右。1981年毕业生李振宏在《文史哲》1980年第1期上发表的《封建时代的农民是革命的民主主义者吗?》一文,被《光明日报》《解放军报》摘要转载,受到史学界的重视。第四,学生来源与"文化大革命"前学生来源有所不同,多数人都有一定的实践经验,升学前已参加工作。学校针对这一特点开展教学工作,收到了较好的效果。

(7) 加强制度建设,构建教书育人制度结构。河南大学第一任校长林伯襄先生一贯主张,要办好一所大学,必须对学生严格要求、严格管理。李润田对此深有体会,并把它作为管理学校的指导思想,分别从"教""学""管"三个方面制定和修订了一系列规章制度以加强教学管理。第一,在教学上提出严格要求,要继承发扬"以生为本"的传统,坚守"育人启智"的初心,实现学生学习生活的最大利益化;第二,严格考试制度,坚持科学评价学生学习效果,以考促学;第三,改革学籍制度,树立竞争意识,激发学生主观能动性;第四,制定大学生行为规范,提高学生修养;第五,严格执行学生学习、生活作息时间以及请假制度,强化学生日常管理;第六,严格执行奖惩条例,形成积极向上的校风、学风和教风。通过贯彻上述规定,学校培养高质量"四有"人才的目标得以实现。

(三) 引进与培养并重,加强师资队伍建设

师资队伍是高等学校发展的关键,由于历史原因,河南大学存在人才"断层"问题。李润田任校长后,党政在认识上完全取得了一致,即必须把师资队伍建设作为头等大事来抓。

1. 注重引进,快速提升师资水平

李润田认为,学校要发展,人才必须跟得上,他不惜一切代价,不远千里,通过各种途径在全国高校和科研机构引进了一批高级专家。例如固体物理学专家朱自强教授,1985年他作为学科带头人被引进并担任河南大学物理系主任。朱教授在短期内创建了固体表面研究室,使河南大学理科科研工作步入新的阶段;建立了河南大学第一个物理学硕士点,确立了物理学科的发展方向,为河南大学物理学科及实验室建设与发展奠定了基础,他所开创的事业在河南大学理科发展中具有里程碑式的意义。外语系引进的教授张今,在英语语言研究特别是翻译理论研究

方面有很高的造诣,他与中山大学合作招收博士生,成为河南大学第一个博士生导师;其著作《文学翻译原理》在国内文学翻译界曾引起轰动,对学校外语学科的振兴和发展起到了重要作用。历史系唐嘉宏教授作为历史学研究领域的专家被引进,他的《中国古代民族研究》对我国从先秦到明清的古代民族进行了独到的研究,全书提出了许多新观点,并做出令人信服的论证,受到国内学者和日本学者的重视。特别是《先秦史新探》一书,是其40余年研究的结晶,有不少新鲜见解对于揭示历史奥秘,解破千古疑案,具备颇高的学术参考价值。

2. 深入挖潜,构建梯次化教师团队体系

李润田主张学校以改革开放为先导,采取多种措施,加强师资队伍建设。他强调师资队伍建设不能拖,要在培养的方式上多元化,思路上要适应学校发展的需要,要以三个"面向"为指导,培育高层次人才。

(1) 加强学科带头人的选拔和培养

① 加强对师资培养工作的领导。学校成立了学科带头人工作领导小组,由一名副校长主管,各系、部、室由一名管教学的副主任或管人事的副主任抓教师的培养工作,人事处会同教务处、科研处等职能部门统筹制定全校的师资培训规划,落实各项培养措施,合力形成从人员管理、教学科研管理、后勤服务、经费保证、图书资料到著作出版的一条龙管理服务体系,解决师资培养中遇到的困难和问题。具体培养过程中,要注意培养对象的政治思想素质,充分发挥老一代学科带头人的传帮带作用。

② 选好人才,保证培养质量。第一,严格选拔标准,严控选拔环节,保证选拔质量。第二,从青年教师抓起,注重人才团队的梯队结构,优化年龄结构。第三,向新建专业和应用学科倾斜,优化学科结构。第四,通过年度考核和阶段考核,规范、约束培养对象的成长。采用动态管理,引入符合条件的新人,淘汰考核不合格的对象,形成竞争激励机制,促进培养对象的健康、快速成长。

③ 提供坚实保障,助力人才成长。第一,学校多渠道筹集资金,为培养对象提供较为充足的科研经费支持。1984年以前每年的培养费不超过6万元,1985年增加到15万元,1986年为10万元,1987年为11万元,1988年和1990年学校在经费异常紧张的情况下,每年仍然拿出30多万元用于师资培养,大大缓解了培养人才与经费短缺的矛盾。第二,采取多项措施,保证培养对象的科研时间。适当减少培养对象的教学任务,减少行政事务工作和除学术团体之外的其他社会工作,以保证培养对象集中时间和精力按时完成科研规划。第三,举办外语培训班,丰富培养对象的科研工具。学校专门举办外语水平培训班,帮助提升培养对象的外语水平,以帮助他们获取国际信息,了解国外学术动态,跟踪国际学术前沿。第四,在职称评定、经费奖励、住房、子女入学与就业、夫妻两地分居等方面,学校根据培养对象的成就给予相应的帮助,解决他们的后顾之忧。第五,科研向青年教师倾斜。对有科研能力的中青年教师,有意识地进行培养,每年定时召开座谈会,倾听他们的意见,解决他们的困难,并帮助确立科研课题,明确科研方向。

（2）注重拓宽师资培育的渠道

李润田认为，一定要提升教师的学历水平。他提出"在职为主，自学为主、校内为主"的原则，根据学校的实际情况，因地制宜，采取多种形式，对广大教师进行大范围培训。采取的培养措施有：① 定向（代培）研究生；② 在职读学位；③ 助教进修班；④ 双学位班；⑤ 校内外语班；⑥ 国内访问学者；⑦ 请国内外著名学者到校讲学；⑧ 派出到国外讲学或进修；⑨ 单科短期进修。此外，还有短期学术会、研讨会等。鼓励教师攻读研究生，提升教师学历结构和业务水平主要有两种方式：① 鼓励青年教师报考在职研究生，边教边学，不脱离教学岗位。学校一方面在经济上给予一定的补贴，做好服务工作，解除后顾之忧；另一方面强化合同管理，规定毕业回校工作的最低年限和违约的经济责任。② 委托兄弟院校代培定向研究生，使研究生们扩宽视野，吸收兄弟院校之长，弥补"近亲繁殖"的不足，增强教师队伍的活力。据不完全统计，自1984年之后的5年时间里，学校派往兄弟院校和发达国家进修的有522人次，占全校教师总数的40%，再加上以老带新、在职学习，中青年教师基本上轮训了一遍。截至1992年，教师职称发生显著变化，副教授由1984年的100余人增加到346人；具有硕士、博士学位的教师达到268人（其中具有博士学位的41人），占教师总数的20.6%。

（3）学科带头人培养成效显著

1986年4月学校选拔确定25名学科带头人。为了使老一代后继有人，因此这一批次选拔的起点比较高，经过2年的培养,达到了预定目标。1989年5月为了解决40岁左右的中青年学科带头人的"断层"问题,又选拔确定37名第二批学科带头人。这次选拔注重年轻化和学科分布情况,经过2年的培养,在一定程度上缓解了后备学科带头人不足的状况,基本解决了学术队伍的梯队问题。1991年5月选拔确定16名第三批学科带头人,在培养目标、选拔条件、培养措施等方面都做了较大的改进,其特点是学历层次高、学术起点高、年龄比较小、发展潜力大。经过5年的培养,他们大都已经站在各自学科的前沿,成为在国内有一定影响的中青年专家。1990年学校提出了"控制数量,提高质量,优化结构,培养尖子"的"十六字方针",到1992年学校共培养了近100名学科带头人。

学科带头人的培养,使一批又一批年轻的优秀人才脱颖而出,成为河南大学建设和发展的中坚力量。例如关爱和,中国近现代文学专业带头人之一,1992年参与国家社科自主项目"19—20世纪中国文学思潮史"的研究,独立完成第一卷《悲壮的沉落》,获1993年河南省社科优秀成果奖,为国内中国近代文学研究界所瞩目。作为系主任,1994年,关爱和带领河南大学中文系在全校第一个成立了"学术著作出版基金"和"教学科研基金"。又如李小建,人文地理学专业学科带头人之一,主持国家基金重点项目7项,省部级及国际合作项目18项,获省部级科研成果一等奖6项。他将国际前沿理论和中国实际相结合,在国内外发表学术论文200篇,出版著作(含合作)20种。还有卢克平,基础数学学科专业带头人,1993年从中国科技大学博士后流动站出站归来,建成了当时河南省首家多复变研究集体,两年多时间共发表学术论文20余篇,为河南大学数学系获得基础数学硕士学位授予权做出了突出贡献。1992年3月10日,河南大学培养学科带头人的经验被《中国教育报》在头版头条报道并得到了上级政府的充分肯定,曾获河南省高等教育教学成果特等奖。

3. 促进交流,全面提升教师学术水平

为了方便教师与外界在科学信息、思想观点等方面的沟通和交流,激发他们在学术方面的创新,李润田鼓励广大教师积极参加国内外学术会议,同时积极承办学术会议,提升学校的知名度和影响力。例如河南大学数学系青年教师王明新,作为我国数学研究者之一,于1990年应邀到意大利参加国际学术会议并在会上宣读论文,受到老一辈专家的肯定与赞扬。

(四) 科学设定科研导向,全面构建学校科研框架体系

1. 通过政策倾斜,确立学校科研导向

学校科研政策向新的科研方向、新的研究领域倾斜。第一,在科研上施行"倾斜"政策,即自然科学向应用科学、"科技兴农"的方向倾斜,社会科学向研究现实问题倾斜,鼓励广大教师从工农业生产实际中寻求科研课题,为经济建设服务,解决生产技术上的难题。1984年学校直接与厂矿联系所选的课题仅为2项,到1988年上升为14项,1990年就达到20余项。第二,适应

高新技术发展的需要,不断拓展新的研究领域。李润田鼓励广大教师重视科研选题的新颖性,通过多种途径寻找国家重点题目或者是某一方面的重点题目开展研究。例如生物系青年教师张大卫,综合植物生理学、植物遗传学、细胞学、植物物理学等理论,对植物衰老学这一新兴学科开展研究,取得的成果具有很高的经济价值,于1989年获得国家自然科学基金资助。第三,围绕重点学科和学位点建设申报课题,提升学科水平。1986年以后,学校每年在组织科研计划时,把重点学科及其学术带头人的科研课题作为重点进行审定,通过各种渠道给予支持,在经费、人力、物力给予保证,并在后期实行优秀成果奖励制度和出书资助制度,学校给予出版津贴和版面资助。1988年,河南大学首次获得1项国家自然科学基金项目,1989年,又连续获得2项自然科学基金项目、1项国家社会科学基金项目、1项国家古籍整理项目,学校的科研水平迅速提高,为学校重点学科的建设以及学位点的申报打下了坚实的基础。第五,改革科研管理制度,鼓励开展跨学科研究,高度重视和大力引导教师积极申报国家级项目,提高科研选题的层次。

2.鼓励科技成果向生产力转化,加强产学研一体化的探索研究

李润田鼓励面向社会需求开展科学研究,以应用研究为重点,注重解决本地、本省乃至国内某一生产问题,以科学研究直接造福于社会。1989年,学校把科技成果的推广与转让正式列为计划管理的后期工程,努力实现实际效益的要求,加强科技成果的

宣传,协助课题组深入厂矿推广科技成果,并修改科技成果转让条例,适当加大课题组的分成比例,提高成果转让的积极性。比如河南省皮革化工研究中心、河南自然地理研究室、国土整治研究室等研究机构,都是学校产学研一体化的产物。在地理学研究方面,专家学者对河南省的土地资源、气候资源、生物资源的基本规律和开发利用进行了系统的、全方位的研究,为区域资源开发、生态环境保护、国土整治等提供了科学依据。特别是地理系与尉氏县区划办共同完成的《尉氏县综合发展规划模型研究》,为该县及河南省各县市经济发展提供了思路,也深化了区域可持续发展理论研究。在经济学领域,周守正团队以马克思的《资本论》为指导,同错误观点进行论争,参加地方政府经济发展策略制定与咨询,为政府科学决策和发展规划提供理论指导。

3. 优化科研机构布局,借助科研平台,充分发挥科研团队的优势

李润田提出打造高水平的科研平台,提高科研成果转化率的发展思路。第一,加强体现学校特色的研究室建设。到1991年8月止,学校的科研机构从最初的几个增加到包括唐诗、外国文学、资本论、宋史、大洋洲地理等在内的3个研究中心和20多个研究所、室。第二,建设科技研发平台。河南大学在1988年1月注册成立了法人企业——河南大学科技开发中心,主要负责管理全校的各类企业和科技成果的开发和转化。通过平台发挥了群体优势,学校科研成果的数量和质量均有大幅度的增加和提高。据《河南大学校史》编写组统计,学校10年间共推出学术

著作近千种,其中河南大学教师为第一作者和第一主编的468种,在省级及以上刊物发表论文、译文3180篇,完成应用性成果43项,创造产值上亿元;社会科学成果年递增率平均为12.5%,自然科学成果年递增率为3.8%,尤其是1989、1990这两年,各项成果递增幅度达到20%以上。

(五) 加强硬件建设,优化育人环境

1. 狠抓图书资料、实验室和电化教育建设

(1) 加强图书资料设施建设

李润田认为,图书资料是教学、学科建设、科学研究的基础,第一要大幅度增加图书资料购置经费。从1984年开始,学校每年划拨近50万元的图书购置经费,比1984年以前的图书经费增长60%。第二,加强图书资料领域的硬件建设。积极改善和扩大图书馆的整体环境,10年内先后新建了2栋设施先进的图书馆,建筑面积达2万多平方米;又根据学科建设需要合理组织馆藏图书,突出文献建设,狠抓基础工作。第三,加强图书资料领域的软件建设。积极开展图书资料领域的业务改革,充分发挥图书馆的教育职能和情报搜集与服务职能;健全规章制度,提高人员素质,实行科学管理,推动图书馆工作全面发展。经过近10年的建设,整个图书馆面貌焕然一新,软硬环境都达到较高的水平。学校馆藏图书可观,截至1990年底,收藏文献总计1 825 785册,其中,线装古籍17万册、外文图书15万册、报刊合订本15.4万册,另有部分图片、挂图、缩微资料和声像资料等。

(2) 加强实验室与设备建设

实验室及其设备是实验教学和科学研究的基础,从1982年特别是1985年以来,李润田十分重视全校实验室与设备建设,学校广开渠道、自力更生,集中财力物力建设有特色的实验室,加速实验室建设。至1991年底,全校拥有实验室73个,其中1985年以后建立的22个;实验室使用面积12 106平方米;专职实验技术人员125人;单价200元以上的仪器设备共7003台(件),总价值达1300万元。1990年国家教委朱开轩副主任来校视察工作时,对学校实验室建设给予了很高的评价。

(3) 加强电化教育馆建设

电化教育是借助投影、录像、电影、计算机等技术传递教育信息,并对这一过程进行设计、研究和管理的一种方式,它可以更为直观地进行教学、科研和学术交流。李润田非常重视电化教育的发展,学校筹集资金建立电化教育馆,购买相关设备和教学科研资料。1980—1991年底,电教馆共积累电教教材及教学参考资料片1000余部。1980年后,电教馆改变录制或购买外单位电教教材的传统做法,与教师们通力合作,制作了一批适合学校教学需求的电教片,例如物理系《动量与冲量》《固体转动轴的平衡》等,化学系《滴定分析》《无机化学》等,教育系《教改之花》,地理系《西峡伏牛山》,音乐二系歌剧《白毛女》《叶子》等,这些录像片的摄制提高了教学质量,扩大了教学规模,取得了非常好的教学效果。

2. 大搞学校基本建设,创造育人物质环境

基础设施是学校开展教学、科研的物质环境,也是学校发展

的制约性因素。由于学校办学规模不断扩大,师生员工数量逐年增加,迫切需要一个良好的物质生活环境。李润田就任校长后,主要开展了如下工作:第一,调动一切积极因素,集中人力财力物力,大搞基础设施建设。根据校基建处和《河南大学校史》相关资料,在李润田任校长的10年期间,学校建筑楼房45幢,建筑面积增加134 300平方米,比1978年以前学校整个建筑面积增长了一倍。第二,重视新旧建筑的有机融合。在各色建筑快速扎根校园的同时,一方面注意满足各种专业用房的功能要求,从而使学校的建筑风格呈现多样化格局;另一方面,重视校园内新旧建筑的协调,使新建筑尽可能融合到历史悠久的校园建筑群里,形成一个有机整体,呈现了学校悠久的历史和蓬勃向上的风貌。纵观河南大学校园,古老的民族式建筑与现代化的高楼栉比鳞次、交相生辉,格外壮观,再加上近几年改造和新建的几座花园与之相映,更是锦上添花、风光宜人,河南大学成为学子们理想的学习天地。

(六) 开拓出版业务,构造文化软实力

1. 建立全省首家综合性大学出版社

大学出版社附属于高等学校,是学校重要的学术窗口,承担着传播人类优秀文明成果和先进科学文化知识的重任。国外的很多高校均有自己的出版社,而河南省内当时没有一家高校出版社。河南大学没有出版社,对学校的发展不利;全省几十所大学教师的学术著作及教材同样面临着出版难的问题,不利于河南省文化教育科技事业的发展。经过反复研究和讨论,李润田

建议尽快成立河南大学出版社。经学校党委集体研究同意、上报河南省委宣传部和省委,又逐级上报国家新闻出版总署和教育部审批,终于在1985年2月24日,河南大学出版社正式成立了。这是河南省成立最早的一家综合性大学出版社。河南大学出版社成立后,李润田注重把握出版社的两个发展方向:第一,坚持社会主义出版方向,重视社会效益,正确处理与本省兄弟高校的关系。本着积极、主动、稳妥、慎重的原则,除出版本校教师的学术著作外,还积极出版省内兄弟院校的学术著作及教材,涌现出一大批思想性强、观点精辟的具有地域特色的论著和教材。第二,坚持办出特色。李润田提议,河南大学出版社要依托学科优势和地缘优势及丰富的学术积淀,努力与河南大学的底蕴相契合,与开封这座文化名城相联系,与中原文化的脉络相契合,充分发挥地域特色,弘扬中国传统文化的精髓。河南大学出版社充分利用河南大学宋史研究较早的优势,组织出版了"宋代研究"丛书;结合人文学科的优势,相继出版"元典文化"丛书、"当代中国思想史"丛书、"文艺风云书系"、"孙作云文集"、"客家文化研究"等系列精品文化专著。据河南大学新闻网统计,截至2015年5月,河南大学出版社累计出版图书3000余种,其中大专教材、学术著作占80%以上,有260多种图书获国家、省、部等各种奖励。这些图书为促进社会主义精神文明建设、提高高等学校的教学质量和科研水平、发展文化科学事业做出了重要的贡献。近年来,河南大学出版社获得"出版合同信得过单位""全国教材建设先进单位""双优诚信单位""全国出版单位一等品100强"等诸名荣誉,创造了良好的社会效益与经济效益。

2. 学术期刊建设成果喜人

学术刊物既是高校对外宣传的窗口,也是传播学术成果、开展学术交流的重要媒介,同时也在一定程度上体现了学校的学术地位。李润田非常重视刊物的传播效应,在提高学术刊物数量的同时,更注重学术刊物质量的提升。河南大学先后创办了《河南大学学报》(后分为自然科学版、社会科学版)、《史学月刊》、《中学语文园地》、《先秦史动态》、《中学英语园地》、《中学政史地》等刊物。《史学月刊》坚持刊物的思想性、学术性,以质量为上,贯彻"百花齐放、百家争鸣"的办刊方针,以探求真理,活跃学术空气、繁荣和发展史学为宗旨,于1988年被编入国际标准连续出版机构书号,所刊载文章先后被美国《史学文摘》、日本《东洋史研究》转载。学校还创办《高教探新》杂志,坚持以探索高等教育和教学改革的客观规律为宗旨,为高质量的高等学校师资和专门人才服务。

(七) 开拓国际交流渠道,扩大对外影响力

为了借鉴国外先进的办学理念,追踪国际学术研究前沿,使封闭的河南大学走向世界,学校决定开展对外交流。交流分为三种方式:邀请国外高校来访、学校派员访问国外高校、广泛开展国际学术交流。

1. 请进来：河南大学广迎宾客

（1）邀请国外高校相关人员来校访问

李润田非常重视学校的外事活动，不断邀请国外高校来访，深化学校的对外合作关系。1984年，美国宾夕法尼亚西彻斯特大学国际计划部主任艾琳·舍夫人到学校访问，双方磋商了两校间建立友好交流关系的问题。1984年9月，时任学校副校长兼河南大学归国华侨联合会副主席申志诚等有关领导与前来访问的校友、美国印第安纳大学病理学教授韩诚信博士和华美教育文化基金总经理韩王惠文女士举行了亲切友好的会谈。同年10月，日本琦玉县日中友好协会代表团一行14人来学校参观访问，双方就接受首批日本留学生的有关事宜交换了意见。1985年8月，美国中西部5所大学校长来访，随后时任副校长陈信春赴郑州签署了河南6所高校与美国这5所高校的学术合作备忘录。1985年9月，美国匹兹堡大学副校长吉尔伯特来访，与李润田就正式建立两校合作交流问题举行会谈，签署了两校学术交流和人员交换协议书；李润田会见来访的美国康州中央大学校长詹姆斯，双方签订了学术交流及人员交换协议书；美国西彻斯特大学校长代表带来了经校长签署的两校交流协议及该校同意接受河南大学4名教师前往进修学习的协议书；日本琦玉县日中友好协会会长新井宝雄来校参观并参加首届日本留学生开学典礼，随后日本大正大学文学部中国科主任今枝二郎来访，与学校共同拟定了《中华人民共和国河南大学和日本国大正大学建立友好校际联系及进行学术交流协议书》。1986年5月，美国俄勒冈州波特兰大学副校长夏有多一行来访,双方商定,河南大学可有一名教授申请1987年暑假赴美讲学。1990年,学校接待了美国西彻斯特大学一行共17人的师生访问团,学校为他们开设了中国历史、地理、建筑、绘画、音乐、法律及气功等讲座,并先后3次举行了地理学、法学学术交流座谈会。同年,白俄罗斯国立大学(原苏联列宁大学)校长一行共3人首次到学校进行了友好访问,从而打开了两国高校间友好合作交流的局面。截至1992年,河南大学接待来自美国、日本、英国、法国、加拿大、德国、瑞典、意大利、挪威、澳大利亚、菲律宾、马来西亚、捷克斯洛伐克、南朝鲜等国来宾共计1586人次。

(2)聘请外籍专家、教师来校讲学

为了促进河南大学教学、科研水平的提高,李润田重视引进国外一流的师资、优秀的教材、教学设备和先进的教育理念。学校外语系率先请来国外专家担任研究生和高年级本科生的英美语言、英美文学教学工作,如英语专业研究生的"计算机原理及使用""应用语言学",本科高年级的"英美文学选读""作文""高级英语""大学英语写作教程"(与本校老师合编)等,这些课程多采用西方的模式,有较高的学术价值,本校教师也难以讲好。学校还积极组织外籍专家教师举办讲座,介绍英国与美国社会的历史、地理、文学以及高等教育、社会习俗等。外籍专家教师留下了很多一手的资料、讲义或图书,也帮助提升了本校相关教师的业务水平。

(3)接收国外留学生来校学习

1985年5月,李润田批复学校《关于河南大学接收日本留学生的请示》,开启了河南大学正规的留学生教育之门。1985年9月,首批日本留学生共24人到河南大学中文系学习汉语;之后的几年内,美国李大学、德国特里尔大学先后派遣教师和学生到校学习。至1992年,学校共接受外国留学生122人次,留学生呈现如下特点:第一,留学人数逐渐增多,国别呈现多样化趋势。第二,留学生多为友好学校派出,如日本绮玉县日中友协、韩国庆熙大学和徐罗伐大学分别派出多批次留学生到河南大学参加不同类型的学习。第三,办学层次也从一般的语言进修扩大到学历教育。学校专门建有外籍专家楼、留学生楼和相应的餐厅,竭尽所能为留学生创造良好的学习环境;制定《留学生手册》等规章制度规范留学生日常管理,并开设一系列具有中国特色的课程,以达到更好的教学效果。

2. 走出去:让河南大学走向世界

(1) 派员访问国外高校

为了使封闭的大学走向开放,李润田主导积极主动地"走出去",开展对外校际交流合作。1985年5月,应美国康涅狄格州中央大学校长唐·詹姆斯波什、宾夕法尼亚州西彻斯特大学校长肯尼思·佩林博士、田纳西州李学院院长拉马尔·维斯特博士的邀请,以李润田为团长,中文系刘增杰、化学系张仲仪、外语系吕长发为成员的河南大学赴美国考察代表团,应邀对美国斯坦福大学、哥伦比亚大学、中康涅狄格州立大学、纽约大学、西切斯特大学、李大学等7所大学展开为期15天的友好访问。他们受到了各大学的热烈欢迎,而且与康涅狄格、西切斯特、李大学等三所大学正式建立了友好关系(包括互派访问学者、交换图书资料等)。代表团还先后举行了三次记者招待会,阐述了访问美国各大学的目的、意义,介绍了河南大学的历史沿革和发展现状,回答了记者提出的问题。这是一次成功的访问,影响深远:第一,它结束了河南大学长期的封闭状态,扩大了河南大学在美国的影响;第二,开辟了河南大学与被访问大学间的互派访问学者和学术交流的渠道;第三,学习了美国部分大学先进的办学经验和信息;第四,为河南大学与美国各大学间的友好往来打下了良好的基础。

此后的十几年里,学校对外交流与合作进入全面深化阶段,特别是同美国和日本高校间的合作与交流日益频繁。1986年9月,时任河南大学副校长陈信春随河南高校访问团访问了美国堪萨斯州,为随后的合作奠定了很好的基础。应日本琦玉县日中友好协会的邀请,1989年1月,李润田率河南大学、郑州大学友好访日代表团赴日本进行了为期11天的高等教育考察活动,秉持"广开渠道、扩大交流、保证重点、注重实效"的方针,先后参观了日本东京学艺大学、大正大学、大阪外国语大学、东京大学,访问了琦玉县日中友好协会总部、朝日新闻社和部分工厂,与东京学艺大学、大正大学等达成了建立友好关系的协议(包括互派访问学者、交流图书资料等)。与琦玉县日中友好协会签订了互派留学生的协议,取得了丰硕的成果。

(2)深化与港台地区的交流与合作

为了扩大与香港地区的交流与合作,应香港知名人士邵逸夫先生之邀,李润田先后两次参加国家教委(现名为国家教育部)代表团,参观访问了香港中文大学、香港大学、香港城市大学、香港理工大学、香港科技大学、树人学院和新华社香港分社、香港大公报社、香港商业银行、香港邵氏影响公司等地。除受邀参加邵氏赠款仪式外,李润田还受到了香港各界知名人士特别是邵逸夫先生的热烈欢迎和款待。对香港的两次访问取得了丰硕的成果:第一,扩大了河南大学的影响,加强了学校与香港各大学以及有关单位之间的交流;第二,学习了香港地区各大学办学的先进经验;第三,邵逸夫先生先后两次对河南大学进行捐款,总计达800万港币,又在开封明伦校区捐建了逸夫科技馆和逸夫图书馆。

(3)向外派出留学生

李润田认为,未来教育的发展绝不能局限于国内,必须培养具有国际视野的人才。基于国家"按需派遣、保证质量、学以致用"的派出方针,他提出外派留学人员的指导思想,即慎重选拔、积极派出、加强教育、严格管理,为重点专业、薄弱专业、新兴学科培养师资力量,师生学成回国后要进行经验的分享。据统计,1985—1992年间,河南大学共派出各类留学人员40人,其中国家公派14人,学际交流17人,自行联系纳入公派4人,自费5人;专业分布上,理科21人,外语14人,文史和艺术类5人;研究生和进修生分别为17人和23人。李润田鼓励学成归国的师生向专业领域内老师和同学进行汇报,把国外的新颖观点和理念传播给全校师生。

第三篇

学术耕耘:新中国人文与经济地理学发展的践行者

第五章　身体力行,复兴人文地理学

1954年,李润田由原来的地质学助教改任经济地理学助教,开始踏入人文经济地理研究领域,开启了他为之奋斗一生的学术研究领域。

2009年10月,李润田荣获第二届"中国地理科学杰出成就奖",在人民大会堂参加颁奖仪式

新中国成立之后,地理学发展的现实是:1949—1978年间,我国地理科学自然与人文绝然分立,并以作为分支的经济地理学代替人文地理学;1978年党的十一届三中全会以后,在实事

求是的科学精神指引下,我国人文地理学开始走上复苏和振兴之路。李润田顺应学科发展规律,大力倡导复兴人文地理学,并为之做出了较大的贡献。

一、系统阐述人文地理学体系

(一)顺应规律,促进学科发展

改革开放之后,人文经济地理学作为支撑国家经济社会发展的重要学科,在中国地理学会专家呼吁复兴的倡导下,逐渐得以恢复。

1979年12月28日至1980年1月3日,中国地理学会第四届代表大会在广州召开,这是我国人文地理学走上全面复兴的重要标志,河南大学的李润田、尚世英、李式金参加会议。李旭旦先生在会上发表《人地关系的回顾与展望——兼论人文地理学的创新》的报告,首倡复兴人文地理学,从此拉开了中国人文地理学复兴的序幕。作为人文地理学大家庭中的一员,李润田积极参与复兴人文地理学的各项工作和地方学会诸多事宜。1981年5月,全国第一次人文地理学学术讨论会在杭州召开,李润田率先提出复兴人文地理学必须坚持以马列主义、毛泽东思想为理论基础和为国民经济服务的新观点,得到学术界的充分肯定和高度重视。

1986年,李润田又以上述观点为基础,发表了学术论文《关于人地关系问题初探》,系统地发展了"人地关系协调理论",此后对人文地理学进行了不懈的研究。1986年人文地理学专业被评定为河南省重点专业,人文地理学和经济地理学均取得了硕士学位授予权(经国务院学位委员会批准)。1989年,由李润田主持,金学良、黄以柱等参加的"人文地理专业的更新与建设"重大课题先后被评为河南省优秀教学成果一等奖和国家级优秀教学成果奖。经过几年努力,1992年,由李润田主编,王发曾、李小建、李永文、秦耀辰参编的《现代人文地理学》在河南大学出版社出版,该书荣获中国地理学会人文地理专业委员会及全国高校人文地理教学研究会著作一等奖。

河南大学在人文地理学学科建设上获得了长足的发展,不仅很快形成了合理的学术梯队,且多次被评为省属重点专业,1995年被河南省人民政府确定为申报国家"211工程"十大重点专业之一,2000年获得博士学位授予权。依托人文地理学博士点,2005年地理学获批河南大学第一个一级学科博士点,2007年地理学被确定为河南省一级重点学科,2011年被河南省确定为国家重点学科培育对象进行重点支持。

(二)出版专著,系统阐述人文地理学

20世纪80年代,随着人文地理学的复兴,大量相关著作相继出版。李润田在积极学习20世纪80年代以来国内外人文地理学研究的最新理论和方法的同时,结合自己的科研成果,主编《现代人文地理学》一书。这本书包含了人文地理学研究的基本理论、方法和各种模型,以及经济地理、人口地理、聚落地理、

政治地理、文化地理、旅游地理等分支学科的最新理论,是当时中国内容较为全面、系统的人文地理学著作。与其他相关著作相比,该书具有以下特点:

第一,强调人文地理研究应以马克思主义为指导,历史唯物主义是人文地理学研究的理论基础,唯物辩证法是人文地理学研究的基本方法。认为人地关系论与经典研究方法,区位论与区域分析法,统一论与地域综合法,地理系统论、系统模型与地理信息系统为现代人文地理学的主要理论与方法。

第二,注重对政治地理和社会主义地理的研究,尤其注意结合中国实际,分析了一些社会现象和社会问题与地理环境的关系,提出了在中国进行社会文化地理研究应该关注的问题。这比仅仅引进国外有关理论前进了一步。

第三,将乡村与城镇合并为聚落地理,突出了聚落形成和发展规律、机制的理论研究,也突出了聚落生态系统的协同与评价及聚落地理学－区域系统的协调与规划的应用研究。

最后,全书注意集中笔墨于少数重点问题,如经济地理一章重点对生产布局规律、原则及第三产业布局诸问题进行分析;人口地理一章则重点探讨人口空间变动与劳动力资源,并注意人口年龄结构与老龄化、人口城乡构成与城镇化等具有实践意义的问题。

二、全面剖析人地协调理论与社会实践

(一) 系统发展马克思主义人地协调观

在20世纪80年代复兴人文地理学的过程中,李润田始终以马克思主义的理论剖析人文经济地理学现象、过程和问题,以唯物、辩证的理念和方法服务社会主义建设化建设。1986年李润田发表《关于人地关系问题初探》,系统地发展了"人地关系协调理论",其关于马克思人地关系的核心观点如下。

第一,人是自然界的产物,是在环境中与环境一起发展起来的。但人与动物在本质上不同,这种不同在于人能制造工具,改变自然界,支配自然界,不断为人本身及人类社会创造新的生存条件与发展条件。人能给自然环境打上自己的烙印,居于对自然界的主导地位。

第二,人改变自然环境,改变了的自然环境反过来也必然作用于人类本身。这决定了人与自然环境的关系是各自独立客观存在的,可是又相互制约,相互影响。人类既是改造自然活动的主体,又是这一活动影响所及的客观对象。

第三,自然环境对社会生产提供的一切可能性,只有通过人们不断产生新的需要,不断创造出新的生产工具,以及通过人们以一定的方式结合起来,共同进行生产劳动,才会变为现实。因此,人类越是进步,社会环境越是发展,人和社会控制、占有和干预自然的能力就越强,对自然的烙印越深刻,自然面貌的变化也

就越大,从而导致自然对社会人的限制越来越退缩。

第四,人与自然环境是一种矛盾统一、协调的关系,人类不可能把自己的意志强加于自然环境,不能随心所欲、为所欲为地改变自然规律,而应该与自然界相适应,并在具体开发利用与改造自然过程中严格按照自然规律办事,以保证生物圈基本参数的基本稳定。

(二)揭示认知规律,提出实现人地协调发展的根本途径

根据马克思主义人地协调观和国内外有关历史、现实正反两方面的经验教训以及我国当时的实际情况,李润田认为应当从两方面下手,一方面解决好认识问题,另一方面要揭示出它们之间客观规律,并运用这种规律,采取正确途径解决人类与自然环境协调发展的问题。

(1)认识论方面,对立统一规律是宇宙的根本规律。人与自然环境的关系,既有相互矛盾的一面,也有相辅相成的一面,二者能在理论和实践中实现统一,并协调发展。我国优越的社会主义制度提供了人与自然环境统一、协调发展,人改变自然环境、居于对自然界的主导地位的社会条件,因此,我们应该充分利用我国社会主义制度的优越性,逐步实现人与自然环境关系的统一。

(2)实现人地关系协调发展,需要多个方面相互配合。

首先,在利用、改造自然的斗争中,应限制人类活动损害环

境的规模,降低损害的速度,力争把损害压缩到最低限度。人类的生存离不开自然环境,自然环境能很好地同化人类的影响,自然环境是基本稳定而又适于人类生存的。但自然环境不是一个消极的客体,人也不是万能的,在利用、改造自然环境实践活动中,应加强以下两点:大力提高科学技术水平,加强对整个自然资源和自然环境的保护和管理;要解决人与自然环境间的矛盾,特别是要力求合理控制人类的活动,避免和减少对环境条件的损害。

其次,逐步改善农业生产结构和布局。农、林、牧、副、渔之间存在着相互依存、相互制约的有机联系。不断改善和建立合理的农业生产结构,注意农、林、牧、副、渔五业的结合确实是当前协调人类与自然关系,发挥人的主导作用的一项刻不容缓的任务。在建立合理的农业生产结构过程中,尤其要注意森林资源的恢复和发展。

再次,要注意工业合理布局,加强环境保护。在工业布局时,应当注意正确处理工业分散与集中的关系,尽量把大中型工业摆到中小城镇去,大部分摆到新工业区和小城镇,做到"工农结合,城乡结合,有利生产,方便生活",注重均衡分布,防止过分集中。工业布局和厂址选择一定要考虑环境因素,要与城市规划相结合,有利于城市环境的保护。同时,布置工矿企业一定要防止对农业环境的污染。

最后,开展科学研究应着重加强人文地理学、环境科学、生态地理学等方面的研究。在各门科学互相配合、综合研究的前提下，既要加强应用方面的研究，也要重视基础理论方面的研究。同时，还要在辩证唯物论和历史唯物论的指导下，注意运用现代化的科学技术和方法，总结古今中外利用和改造环境的丰富经验，探索发展生产与自然环境的对立统一关系，掌握规律，达到合理利用自然和改造自然，为人类造福的目的。

三、系统梳理国内外人文地理学发展历史

（一）梳理并借鉴国外相关学科发展史

李润田等认为，自古以来人们注重关于地理知识的记载，无论是西方还是我国，学者主要侧重于自然、人文知识及其相关人地关系萌芽的论证。希腊和罗马的奴隶社会时期，许多著作专门探讨了人文地理学的某些现象和问题，有些著作还专门论述了人文地理学最基本的思想，即人与自然环境的关系。总之，西方古代人文地理著作基本上属于记述性的地理志，没有专门论述性的人文地理著作，即使它的萌芽性的论述也都是在包罗万象的游记性的地方志当中。

进入封建社会以后，由于自然经济的束缚和黑暗的宗教势力的严重影响，各门科学发展严重滞缓，地理学也不例外。随着资本主义生产方式的产生和发展，人文地理学随着古典地理学的产生、发展也开始萌芽和发展。19世纪中叶在近代地理学奠基人洪堡（A. Humboldt）与李特尔（K. Ritter）等努力下，地理学形成了自然地理学和人文地理学共同组成的系统。李特尔是近

代西方比较公认的人文地理学创始人,他在《地理学通论》中论述了自然现象与人文现象的相互关系。德、法、英、美等国人文地理学家先后提出了"环境决定论""二元论""适应论""生态论""文化景观论""协调论"等人地关系理论流派。在人文地理学分支政治地理学领域,拉采尔(F.Ratzel)提出了"国家有机说""生存空间论",麦金德(H.J.Mackinder)有"大陆腹地学"等等。20世纪30年代,德国学者豪斯浩佛尔(K.Houshorerl)将这些理论篡改,作为侵略扩张争取"生存空间"的借口。

  第二次世界大战之后,特别是20世纪80年代以来,随着计算机技术、空间科学、自动化制图的发展,人文地理学研究有了突飞猛进的发展,表现为以下几个特点。第一,人文地理学的研究领域继续不断扩大,由原来的经济地理、城市地理、人口地理等,扩展到行为地理、旅游地理、政治地理、社会地理等领域,人文地理学已切实成为地理科学体系中的重大分支之一。第二,人文地理学研究日益关注社会实际问题,注意理论密切结合社会实际,大大加强了研究成果的针对性、应用性。无论国际地理学会讨论的议题,还是国际上有影响的总结性论著,它们的共同点都是关注社会问题的研究和解决,从而逐步加强了应用领域的研究。第三,人文地理现象的动态研究越来越被重视。时间地理学(Time geography)研究受到地理学家的重视,目的是想在地理学研究中不忽视时间因素。第四,区域人文地理研究日益受到重视。第五,政治地理学和社会地理学两个分支的发展越来越受到关注。政治地理学的研究主要侧重对国家的研究,冲突和战争地理的研究,环境政治和日常生活政治的地理研究,政治地理思想的研究。社会地理学的研究主要侧重在社会问题、社会空间、理论发展等几方面的研究。第六,人文地理研究方法日益走向现代化和理论化。在人文地理学研究过程中,理论研究和遥感方法、数学模型、自动制图、电子计算机等现代化科学技术手段正在向更高层次发展变化。

(二)回顾国内学科发展史,寻找着力点

李润田研究发现,两千多年前,因为经济、文化和当时生产和生活的需要,我国开始产生了一些古老的带有人文地理因素的著作,成为我国文化宝库的重要组成部分之一。一方面,中国的人文地理学思想的萌生很早,也提出了不少论述人地关系的论点,对于认识、掌握自然规律,顺应并改造自然,发展人类社会生产力,促进人类进步等起了重大作用。另一方面,由于受封建社会的束缚和当时科学知识水平的局限,这些著作多是资料汇编、分类排列和一些记述性的史、地、文学等综合著作,不属于理论概括,没有形成一个完整的科学体系,因此不可能成为一门科学的人文地理学。

鸦片战争至新中国成立之前,西方资产阶级人文地理的思想流传到我国,其中一些分析、方法与材料对我国近代地理学的发展有一定的促进作用,但也给我国地理学界带来了一定不良影响,阻碍了我国人文地理学的正常发展。与此同时,尽管当时的条件十分困难,但我国不少地理工作者为了积极发展我国人

文地理学,坚持室内研究和大量的实际考察工作,积累了不少珍贵的人文地理资料,为我国人文地理学的发展做出了贡献。总体而言,由于受当时半封建半殖民地社会制度的束缚,我国人文地理的发展仍然十分缓慢。

新中国成立后,马列主义地理学思想传播到我国,我国地理学进入了一个崭新的历史阶段。在中国共产党的领导下,密切结合国家建设任务,我国广大地理工作者积极开展了一些重大的科学研究实践活动。这一阶段清除了地理环境决定论及地缘政治学等谬论的影响,使地理学研究在马列主义、毛泽东思想指导下,沿着正确的道路发展。后来由于全面向苏联学习,学科发展没有坚持辩证唯物主义和历史唯物主义的立场、观点和方法,以经济地理学取代人文地理学,我国的人文地理学研究出现了一些问题,阻碍和限制了人文地理学的正常发展。反观西方,人文地理学一直沿着正常轨道发展,20世纪60年代以后,不少国家的人文地理学发展更为迅速,他们十分注意人地关系问题的研究,强调人地关系协调,重视自然地理学与经济地理学的相互联系。这一切对我国人文地理学的研究与发展也产生了极大的影响。

1979年末,中国地理学会第四届代表大会在广州召开,揭开了中国人文地理学的复兴序幕。会议之后,在全国地理学界的共同努力下,在仅仅十年多的时间里做了大量的工作,人文地理学得到了较快的发展:第一,广泛宣传,建立学术组织。20世纪80年代初,以李旭旦先生为首的一批学者撰文,讲演,举办学术会议,广泛宣传、讨论人文地理学及其在科学体系中的地位与作用。我国"六五"计划明确规定,必须重点加强作为薄弱学科的人文地理学建设,要在政治上为人文地理学的复兴创造条件。1983年7月,中国地理学会理事会一致通过并成立中国地理学会人文地理专业委员会。第二,培养专业人才,广泛交流。自1981—1988年先后在杭州、南宁、无锡、深圳等地举办了四次人文地理学术讨论会。为了贯彻"六五"计划,加快人才培养,我国先后举办了多次培训班,开展了一系列国际交流活动,壮大了人文地理的教学、研究队伍。第三,不断深入实践,取得了丰硕成果。根据国家建设需要,人文地理学及其分支学科开展了大量的实践活动,同时编著了一批专著和教材,为人文地理学的进一步发展打下了良好的基础。

回顾我国人文地理学发展历史,李润田认为有如下几点启示:第一,人文地理学的产生与发展,是由不同社会阶段的社会经济、政治发展需要决定的。第二,人文地理学要想得到健康的发展,除了要坚持以马列主义理论作指导外,还要坚持从本国的实际需要出发,走自己的发展道路。第三,为了使人文地理学更好地适应建设的需要,要坚持在全面发展的基础上有重点的发展。第四,学习外国人文地理学的新成果时,既要防止全盘照搬,又不能盲目排斥好的东西,要持科学态度,辩证地消化、吸收和创新。

四、剖析学科研究属性,提出研究的主要任务

(一) 剖析人文地理学研究的核心问题

人文地理学主要侧重于研究人类活动所创造的人文现象的区域系统,揭示人类活动对赖以生存的自然环境的作用,它是系统地理学的一个分支。人文地理学在地理学中占有重要地位:第一,人文地理学是构成现代地理科学不可缺少的重要组成部分;第二,人文地理学的学科性质决定了地理学是建设社会主义物质文明和精神文明的重要支柱之一;第三,人文地理学的发展和研究水平的提高,对扩大地理学研究领域的深度和广度将起着巨大的推动作用。

关于人文地理学的研究对象问题,是人文地理学理论中最基本的问题,也是人文地理学者最关注的问题。在近十年复兴人文地理学的发展历程中,学界对人文地理学研究对象问题的认识和表述日益趋向一致,但尚未统一。李润田总结了几种基本观点:第一,人文地理学着重研究地球表面上的人类活动或人与环境的关系所形成的现象的分布与变化。第二,人文地理学专门研究地表人类人文活动的空间差别及其形成的客观规律,简称人类活动的人文地域系统。第三,人文地理学是研究各种人文现象的空间表现的科学。他认为,尽管表述方法与侧重点有所差异,但基本观点大致相同,因此,人文地理学就是研究地表人文现象的空间分布与空间差别,并预测其发展和变化规律

的科学。简言之,人文地理学是研究地表人文现象空间分布与变化规律的科学。

(二) 归纳学科属性,理清其与相邻学科的关系

人文地理学的研究对象是地表人文现象的分布规律,人文地理学具有区域性和综合性特征。

区域性。区域性是地理科学的特性,也是人文地理学的特性之一。人文地理研究离不开具体的区域,它依托具体区域进行研究,揭示各国、各地区地表人文现象地理分布特点、规律、原因及其区域间的差异性;人地关系失调与矛盾(如人口爆炸、资源危机、生态环境恶化等)总是体现在一定的地域上,协调人地关系就是人地系统结构的优化,因此必须重视人文地理学的区域性。

综合性。人文地理学属于社会科学,但又不同于一般社会科学。在揭示各国、各地区地表人文现象分布规律时,不仅要研究各地区的自然条件、社会经济条件、历史基础和技术经济科学研究成果,还要利用遥感技术、自动制图等技术科学的先进手段实现研究成果的科学化、定量化。同时,它又与政治经济学、人口学、社会学等许多学科存在交叉渗透关系,因此,人文地理学具有综合性特征。

人文地理学与自然地理学、经济科学和技术科学等邻近学科存在交叉渗透的关系。

(1) 自然地理学是人文地理学研究的基础。自然地理学是

研究地理环境的构成及其形成发展规律的科学,人文地理学是研究地表人文现象的空间区域分布和空间差别,并预测其发展和变化规律的科学。地理环境是人类活动的自然基础,地理环境的结构特点和发展规律等在很大程度上影响人类活动的内容和形式,当然人类活动的结果又反过来会在一定程度上改变地理环境的面貌。如果人文地理学脱离了自然地理学,则是无源之水,无本之木,因此,人文地理学工作者必须重视研究自然地理学,只有这样,才能深刻揭示地表人文现象分布规律。

(2)经济学科为人文地理学研究提供基础理论和知识。政治经济学是研究生产关系的,而生产力经济学则是研究生产力的。生产力经济学以社会生产力为对象,联系着生产关系研究生产力的变化规律。社会生产力是特定的生产力因素在特定的组合下形成的有机总体,是一个多因素、多层次、多侧面的巨大系统,它包括了生产力诸因素构成生产力系统时在地域上的分布和联系状况。在生产力发展和布局中,生产力水平和性质往往起决定作用。人文地理学在理论上和实践上必须遵循生产关系适合生产力状况的规律,只有这样,才能得出正确的结论。对部门经济学来说,也必须如此。可见,人文地理工作者应当具备经济科学,特别是生产力经济学的基础理论与知识。

(3)人文地理学的发展与技术科学的发展紧密相关。人文地理学研究地表人文现象分布规律时,一定要考虑生产技术水平,特别是在世界正处于第三次技术革命浪潮的今天,新材料、新能源、新产业的开发,微电子技术、信息技术和生物工程技术的突破和应用,不仅影响到经济发展,而且也深刻地影响着国内的生产格局,因此更要高度重视这一重要手段。

此外,人文地理学与人口学、社会学、行为科学、社会心理学等都存在相互的关联。

(三) 提出我国人文地理学研究的主要任务

根据对国内外人文地理学研究的总结和对学科性质的定位,李润田提出了我国人文地理学的主要任务:

第一,利用人文地理学的理论和方法,解决我国现代化建设中出现的问题。人文地理学是以研究地表人文现象、空间分布规律为任务的一门科学,其首要任务在于它积极参加社会主义建设的实践,解决建设中不断出现的矛盾和问题。特别是在我国处于新旧体制交替的特殊时期,"四化"建设向我国人文地理学及其分支学科提出了许多重大的实践问题,亟待研究解决。

第二,在不断总结本国实践经验和学习外国有益经验的基础上,加强人文地理学理论方法的研究。当时,我国人文地理学理论方法的研究落后于应用研究,已成为突出的矛盾。人文地理学必须加强理论方法的研究与探索,在不断总结本国实践经验和学习外国有益理论、方法的基础上,探讨和建设具有中国特色的人文地理学的理论体系和科学方法。比如,人文系统与自然系统的综合研究、人地关系的内容和基本规律、协调人地关系的主要途径等,都需要认真加以研究和探索。

第三,积极、有计划地通过多种途径和方式,向社会普及人文地理学及其各分支学科的基础知识和实践能力。对人文地理知识的学习,不仅可以使广大公民,特别是青年了解当今人文地理学的发展现状和趋势以及它的重要地位与作用,还可以结合个人的工作实际,正确处理人类活动与自然资源开发的相互关系。同时,通过人文地理知识的普及与宣传,也可以使人们进一步了解区情、国情,达到热爱家乡、热爱祖国的思想教育的目的。

五、坚守初心,为人文地理学发展贡献余热

1995年,进入古稀之年的李润田继续投身于人文地理学学术研究与专业建设,他立足于当下,总结人文地理学的发展历程,提出对于学科未来发展的见解。

(一) 回顾地理学研究的成就、原因,找出存在问题

李润田认为,在马克思主义、毛泽东思想、邓小平理论的指导下,通过不断广泛参加社会主义经济建设实践,积极吸收国外先进的地理科学理论和手段、方法,注意加强学科基础理论建设,大力开展国内外学术交流活动,地理学在学校地理教育发展以及地理队伍、地理研究机构建设等方面获得了空前的发展。原因在于:第一,地理学的发展适应了我国现代化建设事业突飞猛进发展的需要。第二,地理学的健康发展得益于始终坚持以马克思主义、毛泽东思想、邓小平理论指导理论研究;第三,在地理学及其各分支学科发展过程中,既重视了积极参加社会主义

现代化建设实践活动,也注意了学科本身建设;第四,积极引入和融合西方的先进的科学理论与方法;第五,主动与其他相关学科进行交叉和渗透,并勇于对建设具有中国特色的地理学理论进行探索;第六,重视了地理学人才培养,狠抓高层次中青年学科带头人的培养;第七,加强与国际地理组织及国家之间的学术交流;第八,党和政府对地理学在发展给予了高度重视和大力支持。

当然,我国地理学的发展过程中还存在不少亟待解决的问题:第一,地理学理论建设滞后;第二,地理学参与社会主义现代化建设实践的力度不够;第三,各分支学科发展不平衡;第四,综合研究显得薄弱;第五,科研成果量化不够,研究方法比较落后。

(二) 提出21世纪中国地理学发展重点与路径

展望21世纪中国地理学的发展,李润田将发展重点概括为以下九个方面:

第一,坚持本源支撑。在21世纪中国地理学及各分支学科的发展和研究中,必须继续坚持马克思主义、毛泽东思想、邓小平理论的指导方针,同时加强地理学及其分支学科本身固有的理论、研究方法,二者始终是一种辩证统一关系。

第二,坚持与时俱进。随着科学技术浪潮的不断推进,国外地理学的先进理论和现代科学方法论不断涌现,应本着"洋为中用"的原则,密切结合中国地理学的发展需要予以吸收与应用。

第三,坚持体系建设。中国地理学要在新世纪中获得更广阔的发展和应用空间,应当有意识地去实现地理学与哲学的结合,即发展和建设地理学哲学,为地理学逐渐形成一个比较完备的解释和预见理论体系提供重要的科学哲学支持,从而形成中国地理学理论体系的基本框架,提升世界地位。

第四,坚持人地协调。当今世界面临着全球变暖、海平面上升、资源短缺、人口骤增、水土流失与荒漠化、环境污染与恶化等一系列全球性重大问题。在我国的现代化建设实践中,还有许多问题需要我们去解决,如农田生态和环境、环境与健康及水土资源的利用与保护等;又如自然资源开发利用、农业生产潜力的发挥与提高、环境质量评价、预测与保护、产业布局与区域规划、乡村发展与城镇化、自然灾害及减缓对策、国土整治与区域发展等。中国地理学家在了解评价自然条件(环境与资源)、改善生态环境、促进区域发展和协调人地关系等方面都将做出积极的贡献。1994年国务院颁布《中国21世纪议程》,成为我国推行可持续发展战略的伟大纲领和宏伟蓝图。这个目标的实现需要多种学科相互交叉、渗透、融合才能完成,而地理学把人地关系地域系统作为研究的核心,在解决可持续发展这个重大问题上,具有其他科学不能代替的作用。

第五,坚持服务建设。21世纪初叶中国地理学应把"国民经济和社会发展第十个五年计划"提出的,与地理学有关的重大课题,如农业、工业结构调整问题,水利、交通、能源等基础设施建设问题,西部大开发、地区协调发展、积极稳妥地推进城镇化等问题,作为当前和今后十年研究的重点予以特别的关注。

第六,坚持一体建设。21世纪地理学应在综合研究上有所提高和突破。自然地理学要研究人对自然环境的作用及其反馈;人文地理也不应离开自然地理和生态学基础。要发挥地理学所具有的综合研究优势,加强对地区资源系统的综合研究和区域综合发展研究,同时也要大力加强综合地理学的学科建设和研究。

第七,坚持全面发展。21世纪中国地理学要想适应新世纪我国现代化建设的需要,必须加强农村地理学、农业地理学、资源地理学、政治地理学、世界经济地理学、综合地理学等地理学薄弱分支的学科建设。只有这样,中国地理学才能得到全面、健康、快速的发展。

第八,坚持对外交流。21世纪中国地理学必须进一步从各个层次加强与世界各国的各种学术交流与合作,不断充实我国地理学的实力和水平,宣传我国地理学的优势,扩大影响,力争尽快在国际地理学的舞台上占据重要的地位。

第九,坚持技术创新。应进一步加强地理信息系统的基础理论与方法的研究,加强地球空间信息分析与模型研究以及应用技术、专题与区域性研究。同时,还要注意地理信息系统的广泛应用,不断促进21世纪中国地理学的现代化进程。

为了把我国人文地理学的研究有计划、有步骤地开展起来,李润田认为,要重视和解决好以下几个方面的问题。

第一,坚持马克思理论指导的理论原则。李润田认为,中国经济建设中的各种人地关系事例说明,要建立和发展人文地理学,必须坚持以马列主义理论为指导,从我国的国情出发,总结我国社会主义地表人文现象空间分布的实践经验,不断充实和完善人文地理学的理论体系和内容,逐步开拓中国式的马列主义人文地理学的新领域。而且应该在逐步建立和发展中国式人文地理学方针指导下,积极借鉴世界各国最新的科研成果,剔除其反科学的糟粕,并且在这个基础上力求有新的发现。也就是说,马克思主义理论给发展人文地理学提供了指导原则,但它决不能完全代替人文地理学及其分支学科所固有的理论和大量的地理事实资料。

第二,要坚持全面、重点和均衡相结合的分支学科发展原则。鉴于我国人文地理学的发展现状和基础,四化建设的客观需要和世界各国人文地理学发展的新趋势,我国人文地理学在今后一段时间内,总的发展方向应该是把学科研究与我国经济、政治、文化等方面发展的需要紧密地结合起来,尤其要把促进国民经济发展和社会主义精神文明建设作为首要任务。同时,也要高度重视基础理论的研究,研究时要以综合性的区域人文地理研究为主,也要注意部门人文地理的研究,使部门研究与综合性区域研究有机结合。在全面发展分支学科的基础上,还要量力而行,突出重点,研究手段上要不断革新与创造新技术、新手段,努力提高人文地理科研水平。

第三,加强"四化"实践和理论研究。理论的来源离不开社会生产实践,而社会生产实践又是理论产生的源泉和基础。人文地理学是以研究人文现象空间分布规律为任务的一门科学，如果离开了社会实践是不可想象的，因此，要想使我国人文地理学逐步建立和发展起来，必须参加社会主义建设的实践，从中吸取营养。特别是在新的历史时期，四化建设向我国人文地理学及其各分支学科提出了许多重大的实践问题，比如地区经济结构的确定与调整，生产力的合理布局，农业自然资源的充分利用，关键地区的开发和利用，中心城市和小城镇布局的研究等，都与人文地理学有着密切的关系。如果要从某一方面的研究任务来说，那就更不胜枚举了。总之，人文地理学在配合社会主义建设方面有着极其广阔的前景。

第四，加强研究手段的革新和研究队伍的建设。李润田当时认为，要想使人文地理学在我国逐步地建立和发展起来，必须重视新技术、新方法的运用。特别要大力提倡计量地理学的研究，因为人文地理学是计量方法服务的重要方面。要注意研究一些专家的理论、方法和经验，并使其模型化、软件化，逐步形成具有我国特色的计量地理学。同时，也要与数学、计算机工作者密切配合，逐步摸索地理模型理论及其模型方法。只有这样，才能把宏观研究和微观研究紧密地结合起来，从而更加深入地认识和发现人文地理现象的发展过程及其规律。

第六章 扎根农业，开创乡村地理学研究领域

乡村地理学是人文地理学的一个重要分支，20世纪80年代初，李润田在国内首开乡村地理学这一研究领域，在"农"的地理学研究领域，围绕农业发展、乡村振兴、山区发展、农业区划，结合中原地区的"农业""农村""粮食"特色，将所学所识与河南省的农业发展、乡村振兴融为一体，开展了系统性研究。

一、分析农业发展条件，奠定农业区划基础

农业生产条件包括自然条件和社会经济条件。在自然条件（地貌、气候、土壤、水文、植被等）中，大地貌、热量带等比较稳定的因素对农业地域差异的形成起显著作用，其他自然因素起较为重要的作用。社会经济条件和农业生产特点也具有区域差异性，对农业区的形成、发展有较大的影响。农业区划要着重分析与农业生产密切相关的自然因素，从中找出主导因素，进而根据主导因素和其他自然、经济各因素的相互联系、相互制约、综合表现出来的地区差异性，进行农业区划。

（一）综合分析农业生产的自然条件和社会经济条件

关于土壤条件分析，李润田明晰了以下几个问题：第一，土壤资源是农业的基本生产资料，因而在农业布局中，对它进行细致的分析与科学的评价，这具有很强的理论和实践意义。第二，土壤具有肥力，是人类生存的基本条件和农业的基本生产资料，因而进行农业评价时，必须把肥力作为评价的中心内容。第三，必须从土壤肥力诸因素——水分、养分、空气、温度等相互间的协调程度出发鉴定它的好坏。第四，土壤既是历史自然体，又是人类劳动的产物，所以土壤经济肥力高低决定于社会生产关系和科学技术水平。

关于地貌条件分析，李润田认为，它对农业生产和布局的影响主要表现在两个方面：第一，通过不同地貌类型及其组合、地貌特征要素（高度、坡度、坡向、现代地貌过程、地面组成的物质等方面）进行直接影响；第二，通过气候、土地、水文、植物等其他自然要素的影响，引起光、热、水、土的再分配，从而间接地影响农业生产。农业地貌着重通过对地貌条件的具体分析，了解各地貌类型、地貌要素、地貌发育过程量与质的特征以及它的变化规律，指出它对农业生产的有利与不利、直接与间接的影响，从而合理地利用有利的地貌条件，提出改造不利地貌条件的可能途径，为农业生产布局确立新的或调整现有的各种农业用地、农作物布局、农田基本建设措施，以及因地制宜地发展农、林、牧、

第六章 扎根农业,开创乡村地理学研究领域

副、渔综合经营等,提供一定的科学依据。

在水文条件分析方面,李润田认为,一方面,水资源区别于其他资源的最大特点是具有可恢复性——在水循环过程中不断地得到恢复。地表水资源的农业评价主要是通过对某一个地区地表水资源条件的全面分析,明确地表水资源的数量、质量和时空分布的特点、变化规律,为现有的农业生产布局和远景性的农业生产发展方向的确定,提供地表水条件与技术上的依据,从而最合理地利用地表水资源,保证获得稳定收成。另一方面,地下水资源也是水资源的重要组成部分,地下水资源的农业经济评价主要是通过对一个地区地下水资源条件的全面分析,明确地下水的埋深、水量、水质和分布的特点、变化规律,及其对农业生产和布局所提供的有利与不利因素,为研究和继承现有的农业生产、布局和确定远景性的农业生产发展规划提供地下水资源条件和技术上的依据,从而最合理地利用地下水资源,保证获得农业稳定收成。同时,还要考虑地表水与地下水的关系,解决浅层地下水和深层地下水的关系,解决好以丰补歉的关系;要注意水资源保护,做到合理开发、防止污染。

在气候条件分析方面,李润田认为,气候条件对农业生产和布局的影响是具体的,也是多方面的,如农作物的生长与成熟,农作物的播种、田间管理、收割与贮藏,农业生产的地区差异与部门结构,等等。为了使气候条件经济评价建立在最可靠的基础上,首先必须具体分析各项气候因素,然后从它们之间的相互结合进行综合评价。只有这样才能充分论证各地区气候条件对

农业生产和布局提供的可能性、有利因素与不利因素,才能最合理地利用气候条件,提高农作物的单位面积产量,获得稳定的收成。

农业生产活动和发展也受到历史因素、经济因素、社会因素、技术因素等社会经济条件的支配,在研究农业生产发展和布局过程中,必须对其社会经济技术条件分别进行辩证的分析与评价。李润田认为,我国农业社会经济技术条件的优势包括有利的经济环境和制度、优越的经济地理位置、良好的工业基础和发达的交通运输条件四方面;不利条件包括农业历史发展基础过于薄弱和落后,人口多、增长快、素质较低,农业投入不足、缺乏发展后劲,农业基础设施严重落后,农业生产经营过于分散,劳动生产率低下,农业科技水平偏低,农村市场体系发育不健全,等。

(二)辩证分析河南农业资源现状与潜力

农业生产必须依赖各种农业资源,资源条件是农业区划的基础。河南农业资源的开发利用合理与否对河南农业发展以及整个国民经济的发展具有极为重要的意义。李润田全面分析了包括气候、水资源、耕地资源、森林资源、草地资源、渔业资源等在内的河南农业资源的特点和潜力。(以下数据截止时间为1996年底。)

河南气候资源的主要特点:第一,农作物生长期热量南北差异大;第二,雨热基本同季,有利于发挥气候资源的生产效率;第三,大陆性气候强,气温年较差大,造成全省夏季炎热,冬季寒冷;第四,一些主要的气候要素年际变化大,农业灾害多。气候资源的潜力在于:河南不仅太阳辐射和光照充沛,且有良好的热量和水分条件相配合,为在天然状态下充分利用光能资源,提高植物的生物产量,奠定了可靠的自然基础。然而,全省实际光能利用率很低,除太行山前的部分地区接近2%外,绝大部分地区光能利用率不到1%,全省持续光能利用潜力很大。

河南耕地资源的主要特点:第一,整体质量不高,优质耕地较少,劣质耕地较多;第二,中低产田多;第三,可灌溉面积大;第四,耕地资源分布不均匀;第五,耕地后备资源不足。耕地的潜力主要表现在:第一,尚有25.67万公顷的后备耕地资源可供开发;第二,中低产田增产潜力巨大,现有中、低产田占总耕地的60%左右,若全部改造一遍,可大量增产粮食。

河南森林资源的主要特点:第一,有林地覆盖率低,无林地面积大,荒山造林绿化任务繁重;第二,幼、中龄林面积大,亟待抚育;第三,林业用地中有林地比重小,林地生产力低;第四,森林资源分布不均衡。森林资源的潜力在于:第一,有150.2万公顷的宜林荒地资源有待开发;第二,通过强化经营管理,不仅可以抓好122.21万公顷幼、中龄林的间伐,而且可以提高森林每公顷生长量和森林每公顷蓄积量;第三,浅山丘陵区由于多为疏林地、迹地和幼林地,也具有很大的发展潜力。

河南草地资源的特点:第一,草场面积大、分布广,主要集中在山区;第二,草地类型多。该方面潜力主要表现在:第一,全省尚有可利用的草山、草坡286.7万公顷;第二,饲草、饲料资源尚有一半没有开发利用;第三,部分牧草地处于退化、半退化状态,经营粗放,单位面积载畜量很低。

河南渔业资源的特点:第一,水产品产量南高北低,差距悬殊;第二,沿黄地区渔业综合开发形成一个高产、高效的渔业新区;第三,地区间发展不平衡。该方面潜力较大:一是分布有大片的荒水、荒滩地尚未被开发;二是淮河以北尚分布有2.44万公顷可以养鱼水面和大片洼涝地;三是淮河以南地区养鱼池塘蓄水量标准过低,进一步提高的潜力很大;四是水面利用率低,单位面积产量不高。

河南物种资源的主要特点:第一,物种资源具有多样性;第二,过渡性比较强。全省物种资源的开发利用尚处于低水平状态,具有极大的开发空间。

二、科学开展农业区划研究,服务河南农业发展

在综合分析农业发展条件、评估农业资源特点和潜力的基础上,李润田对河南农业区划进行了论述,提出了区划指导思想、原则,取得了综合区划的实践成果。该研究对于河南省农业发展具有重要的指导意义。

(一) 区划指导思想

坚持辩证唯物主义观:制订区划方案时,要从当地实际情况出发,注意发现新问题,解决新问题,提出的主要观点和重大措

施等要有科学依据。

坚持政策观：在考虑确定农业生产结构和明确农业发展方向时，除了当地历史传统和农业基础，还要考虑党的农业发展方针和政策。

坚持生产观：农业区划要研究当地农业生产条件、特点以及农业生产中存在的关键问题，提出解决生产问题的正确途径。

坚持综合观：要贯穿综合分析、综合研究的观点和方法，综合考虑农业各部门之间的关系、农业区划本身的综合性特征。

坚持生态系统平衡观：考虑和确定农业生产结构和生产布局时，要有利于保持生态系统平衡。

（二）提出农业区划的原则

第一，农业生产条件和农业生产现状特点的相似性。农业生产条件包括自然条件和社会经济条件，自然条件给生产发展提供了各种可能性，社会经济条件使可能性变为现实性，可见，社会经济条件是农业区划的决定因素。社会经济条件的区域差异性导致土地利用方式和农业生产水平以及内部结构等的差异性，因而社会经济条件的类似性对于农业区域的分异有着重要的影响。李润田认为，农业是一定的自然、社会经济历史发展过程中的产物，不同的地区有着迥异的农业生产特点，必须以农业生产特点的相似性作为划区的主要依据之一，根据自然、经济条件的相似性进行农业生产地域的单元划分和区划选择。

第二，农业生产上存在的主要问题和发展方向的相似性。

不同的农业区存在着不同的矛盾和问题，需要采取不同的措施和方法去解决，即每个农业区都有其特殊的矛盾以及解决矛盾的措施和方法，因此，应当把农业生产中存在的主要问题及其发展方向作为区划的原则和依据。

第三，适当照顾行政区划的完整性。农业区划的目的是为农业生产服务，为了便于行政领导指挥生产、下达任务，各级农业区划都要适当照顾行政区界线的完整性。由于各个行政区自然条件错综复杂，差异性很大，在具体实施中要根据主导因素来确定其归属，划分农业区。

（三）完成河南省农业区划实践

在划分农业现状区划过程中，正确确定农业区的数目、等级以及选择指标也是十分重要的问题。李润田等人结合河南省的地形地貌特征，详细阐释了河南省区划的等级单位系统和分区指标：

将河南省农业区划分为一级区、二级区、三级区共 3 个等级，不同等级的农业区划分指标不同。

一级区划指标主要是农作物熟制，其具体界线大致相当于伏牛山淮河线，线以南基本上是一年两熟制，线以北基本上是两年三熟制。划界时适当参考了生产水平、生产稳定程度以及热量资源条件等辅助指标。

二级区划以农业生产部门结构作为主导指标。其具体界线大致相当于纵贯河南南北的京广线，同时适当参考土地经营方式、土地休闲制、农业集约化等辅助指标。

三级区划指标是主要粮食作物组合,同时参考各地区自然经济条件、农业生产水平和存在的关键性问题。三级区是在二级区内的再划分,全省共分为 9 个区。它较为具体地揭示了各地区农业生产的地域差异。

全省农业区划的等级单位系统如下:

I.中北部两年三熟农业区

IA.豫东北耕作业区

IA1 黄河平原小麦、大豆、花生、棉花区

IA2 沙、颍、洪河平原小麦、芝麻、大豆、高粱区

IA3 豫中烤烟、小麦、杂粮区

IB.豫西北农、林、副业区

IB1 太行山及其山前平原小麦、棉花、杂粮区

IB2 黄土丘陵小麦、杂粮、棉花区

IB3 伏牛山北侧小麦、杂粮、林、牧、副业区

II.南部一年两熟农业区

IIC.豫东南稻、麦、亚热带经济林、牧区

IIC1 豫东南稻、麦、亚热带经济林区

IID.豫西南农、林、牧、副业区

IID1 伏牛山南侧小麦、杂粮、柞蚕、林、牧区

IID2 南阳盆地小麦、杂粮、芝麻、棉花区

三、回顾河南农业发展历史,提出农业发展策略

(一) 系统梳理河南省农业发展历史

李润田将河南省几千年的农业发展历史分为7个阶段。

第一,原始农业时期:指从新石器时代至夏商原始和奴隶社会相对稳定的时期。这一时期,河南境内的自然条件比较优越,我们的祖先在河南的西部和西北部河谷、平原从事劳动,至夏代出现了农牧结合的原始农业。炼铜、制骨和烧制陶器等手工业促进了农业生产的发展,耕作技术进一步改进,施肥、除草等技术相继出现,原始灌溉系统形成。

第二,农业初步发展时期:指从周、秦至两汉封建社会相对稳定的初步发展时期。原来的耕作工具由木制改为铁制,标志着生产工具革命的发生,人们能够充分利用土地资源,增加耕地面积。西汉时期十分重视水利工程的修建,各地的井灌、池塘灌溉也有较大发展。全国农业区主要集中在黄河流域(河南是其中的重要地区),农作物种类也大大增加。

第三,农业第一次衰落时期:指从西晋到南北朝时期。公元280年西晋统一全国,统治者为巩固其统治地位,施行了不少有利于发展生产的措施,但时间不长。其后,东晋和北方政权之间的纷争扰攘导致水利设施遭到严重破坏,大片土地荒芜。这是河南农业历史上遭受的第一次大破坏,也是河南农业出现首次衰落时期。虽然战争严重影响了农业经济的发展,但在良种选

育、绿肥轮作、作物栽培、家畜饲养、农牧结合、农产品加工诸多方面还是有了一定的发展。

第四,农业相对稳定发展时期:指从隋唐到北宋这一段时间。隋朝初年推行"均田制"及积极开垦、兴修水利等措施,中原地区成为北方重要水稻产区,蚕桑业得到恢复。至唐代开元时期,中原地区农业进入兴盛时期,黄河以北淇水流域的相州、怀州、洛阳附近的伊洛河流域,黄河以南的汴河、颍河等流域都是农业发达地区。但中原地区内经济发展与恢复不平衡,豫西山地丘陵地区如卢氏、灵宝等地居民多以狩猎为生,这种状况一直延续到唐朝末年;中南部地区的许昌、临汝、唐河、叶县、汝南,虽然土地比其它地区肥沃,农业却不发达。五代十国期间河南农业也有短暂恢复,但直到宋朝,农业经济才得到真正大范围的恢复和发展。

第五,农业的第二次衰落时期:指从南宋至明清的封建社会后期。从北宋末年到金统治的100多年间,黄河的灾害持续加重,中原地区土地成片荒芜,农业陷入了停顿和萎缩状态。至元明时期,河南西部广大地区地广人稀,农业生产水平比较低下,东部平原地区农业生产集中且较发达。粮食作物主要产区有豫东北平原、南阳盆地等,稻谷比较集中地分布于今信阳地区东部;经济作物主要有大豆、芝麻、烟叶等,其产区分别为淮河流域和许州以及南阳盆地;棉花种植主要分布在伊洛河谷地区和豫北卫河流域。明朝大力鼓励垦荒,在全国组织大规模的屯田,加大黄河治理,农业生产得到了较快的发展,棉花有了大面积种植、玉米、番薯等农作物新品种被积极引进和推广。但明中叶以后,封诸子为王的措施造成了大量土地集中在贵族皇室手中,严重阻碍了当时农业经济的发展。清朝采取措施治理水患,但由于民族矛盾不断加剧,农业处于相对衰落的缓慢发展时期。

第六,农业畸形发展时期:指从清末至民国时期。鸦片战争以前,河南的商品性农业如棉花有所扩展。19世纪末至20世纪初,帝国主义经济侵略活动扩展延伸,河南封闭的大门被打开。为了适应帝国主义的需要,省内铁路沿线广种棉花、花生、烟叶等,河南农业生产走向片面专门化道路;为了输出,芝麻、大豆等油料作物也畸形发展,河南成为帝国主义的原料产地。1860年,帝国主义者又将罂粟输入河南,首先在伏牛山区种植,以后又遍及豫东平原和南阳盆地,河南成为全国鸦片的重要产区之一。蚕丝业在河南也有一定规模,但受世界市场竞争的影响开始走向衰落。小麦也变成商品,作为面粉工业原料大量远销长江流域。民国以来军阀混战,加上水、旱、蝗等自然灾害的袭击,严重影响了河南农业经济的发展。

第七,农业迅速发展繁荣时期。可分为两个阶段:第一个阶段为1949—1976年,河南农业得到迅速恢复和发展。1950—1952年经过三年的努力,被战乱破坏得满目疮痍的农业生产得到初步恢复和发展。"一五"时期(1953—1957年),河南省认真贯彻党中央提出的过渡时期的总路线和总任务,促进了农业生产的迅速发展。"二五"时期(1958—1962年),以高指标、瞎指挥、浮夸风为主要标志的"左倾"错误泛滥,全省农业生产受到了极大的破坏。三年调整时期(1963—1965年),河南省贯彻中央"调整、巩固、充实、提高"的"八字方针",农业生产得到恢复和发展。十年动乱时期(1966—1976年),全省经济建设误入一条高积累、高消耗、低效益、低收入的歧路,经历了"三起三落"的曲折过程。

第二个阶段为1976—1996年。1979年4月,中共中央提出对国民经济实行"调整、改革、整顿、提高"的方针,1983年开始由以调整为中心转向以改革为中心,河南国民经济特别是农业生产走上了健康、稳定发展的轨道。到1996年底,农业生产条件有了较大变化,抗御自然灾害能力进一步加强,农产品产量也有较大幅度提高,河南农业呈现持续向好的良好态势。

(二) 提出关于河南农业发展的启示

根据以上对河南农业发展历史的回顾和经验总结,李润田提出以下几点启示。

第一,河南是中华民族的发祥地之一,也是我国农业开发最早的地区之一。河南人民在几千年的农业发展过程中与自然界进行了长期不懈的斗争,这种斗争一方面是遵循着从低级到高级、从简单到复杂、从不协调到逐步趋向协调的总规律进行的;另一方面,从保护自然环境和自然资源角度看,也有惨痛的教训和宝贵的经验,这些都是河南农业持续发展的重要历史借鉴。

第二,要始终把稳定粮食增产作为农业可持续发展的重点。要采取有力措施,逐步解决自然灾害,保持农业持续稳定的发展势头;要坚持不懈地进行农业机械化和水利设施建设,强化土地治理工作,这是农业持续发展的重要条件;要注重农用土地资源的开发利用和保护工作,加强生态环境建设。

第三,河南农业生产经验丰富、耕作业基础好,又是全国粮食(粟、黍、稷、小麦、水稻等)的主要产地,因此,充分发挥原有历史地理优势也是亟待研究和解决的重要课题之一。要以社会主义市场经济为导向,不断调整农业经济结构,搞好作物布局,这是加快农业发展的重要措施。同时,必须依靠正确的方式政策,充分调动农民的生产积极性,解放和发展生产力。当然,要发展农业生产,还必须依靠科学技术。

四、探讨农业产业化,为河南农业农村发展出谋划策

(一)分析农业产业化的内涵与背景

李润田认为,农业产业化是以市场为导向,以提高经济效益为中心,根据当地资源条件择优确定农业的主导产业,通过实施区域化布局、专业化生产、社会化服务、企业化管理、市场化经营,将农业生产的产前、产中、产后诸环节连接成一个完整的产业系统,实现种、养、加、产、销一体化经营。

农业产业化的背景,可从国内外两个方面阐述。国际方面,农业产业化是第二次世界大战后发达国家最先兴起的一种农业发展的组织经营模式,中国要想从一个农业大国跨入世界农业

强国之列,也必须走农业产业化道路。国内方面,一方面,我国虽然是一个农业大国,但是基础比较薄弱,农业要想在短期内摆脱社会效益高、自身效益低的局面就要走农业产业化道路;另一方面,我国农业产前、产中和产后各个环节都是独立的社会生产部门,各自都是不同的利益主体。农业产业化就是要打破部门分割,使其逐步成为一个完整的、现代意义的产业。

(二)剖析农业产业化的意义和作用

第一,有利于引导、帮助分散的农户走向市场。实行农业产业化经营,可以通过龙头企业、专业市场和中介组织,架起分散经营的农户与大市场之间的桥梁,形成比较固定的龙头公司与农民的利益关系,解决生产规模小、难以进入市场和由于组织方式低、交易手段落后导致的收益流失的矛盾,破除农民因为难以掌握市场信息而造成的交易困难、收益低的困境。

第二,有利于提高农业总体利益和农民的收入。农业产业化经营,通过农产品的深、精加工,实现农产品的多次转化增值,大幅度提高农产品的商品率和创汇率;从粗放经营转向集约化经营,提高农业经济的质量和效益,加快传统产业向现代化农业转变,提升广大农民的收入。

第三,有利于调整和优化农村产业结构。农业产业化经营,以市场需求为导向,以经济效益为中心,充分发挥区域化比较优势,合理配置资源,优化产业结构,进而逐步建立起来高效农业体系。

第四,有利于增加对农业的投入。农业产业化经营,农业比较效益提高,农民收入大幅度增加,这样不仅增大农业的吸引力,也可以进一步拓宽各级政府、各有关部门及社会对农业投入的渠道。

第五,有利于促进农业劳动力的转移,加快城乡一体化进程。农业产业化经营,一方面主要是以建立高效益农业体系为核心,延长农业产业链,吸纳大量农村劳动力,有利于农村劳动力的分流;另一方面,还可以为小城镇建设和农村基础设施建设积累资金、技术,为加快农村工业化和城乡一体化创造条件。

(三) 提出发展农业产业化的基本对策

第一,不断更新观念,继续提高认识。牢固树立起商品农业、市场农业、效益农业的新观念,既要考虑到粮棉产量的提高,又要不断增加广大农民的经济效益,还要尊重自然规律和经济规律。

第二,抓好龙头企业的建设。要根据本地资源特点、市场消费导向、企业条件和能力发展龙头企业,搞好现有企业的改造,尽快形成龙头企业。加强龙头企业的建设,扩大企业总体规模,增强其对农户的辐射能力和对市场风险的抵御能力。

第三,确定和扶持好主导产业,规划和建设好商品基地。按照"围绕龙头建基地、突出特色建基地、连片开发建基地"的原则,把基地建设与主导产业、龙头企业等紧密结合起来。在基地建设中,要注意两个方面:巩固与提高原有商品基地,开辟新的商品基地。

第四,依靠科技进步,不断提高农业产业化的科技含量。首先,加速科技成果转化并应用于农业产业化过程;其次,大力培育科技先导型龙头企业,开发高科技含量、高附加值、高市场占有率的优势农副产品及其加工品;再次,加大对农业科技投资力度,大力推广成熟的先进实用技术;最后,围绕地方主导行业开展职工技术教育和技术培训工作,提高农民科学文化素质。

第五,强化市场体系建设。首先,以初级集贸市场为基础,以批发市场为中心,逐步建成结构完整、功能互补的市场网络;其次,发展资金市场、技术市场、劳务市场等生产要素市场,为农业产业化创造良好的外部环境;再次,培育和发展农村集体、私人等资产经营公司、社区性合作经济组织等各类市场中介组织;最后,充分发挥龙头的固有优势,扩大对国内外市场的覆盖面。

第六,进一步健全社会化服务体系。发挥各类服务组织的作用,强化各类组织的服务功能,加强原有的公共服务组织建设,完善好经营体制、机制和产业组织。

五、开创乡村地理学研究领域

根据自身多年以来对农业地理的研究与实践,结合国外农业地理学科发展的动态,1987年,李润田和其他同志一道开辟了乡村地理学研究领域。他们界定乡村地理学的研究对象、基本内容,构建了乡村地理学的理论框架。

关于乡村地理学的研究对象。从乡村地理学的发展史角度,乡村地理学的研究对象虽然不断演化,但始终是乡村区域系统。乡村地域系统的基本特性是:(1)乡村区域系统具有明显的区域性。含义有两个方面:乡村区域系统具有一定的范围,在我国为县城及其以下的集镇和村庄;不同乡村区域系统间具有鲜明的差异性。(2)乡村区域系统是复杂系统。这主要表现在:① 乡村区域系统与其环境——自然环境、城市等存在着密切的物质、能量和信息的联系,导致乡村区域系统是一个开放的复杂系统。② 乡村区域系统的组成要素复杂,各要素相互联系、制约,共同构成乡村区域系统。③ 各组成要素又可细分为更低层次的要素,使乡村区域系统具有多层次结构。(3)乡村区域系统是动态演化的。构成乡村区域系统的人文要素在人类生存与发展的消费需求推动下,成为一个以正反馈为主的增长型系统,是乡村区域系统演化的主要方面;乡村资源子系统是以负反馈为主的稳定型系统。后者为前者提供物质和能量输入,后者在一定区域范围和时期内是稳定而有限的,从而限制了前者的增长。

以乡村区域系统为研究对象的乡村地理学,其基本内容应包括乡村区域系统演化、结构与功能、管理与环境关系等四方面。

关于乡村区域系统与城市系统的关联。城市系统作为乡村区域系统的外部环境因素之一,乡村区域系统发展的目标之一,对乡村区域系统演化具有重大的制约作用。

关于乡村地域系统的结构与功能。(1)乡村区域系统的内部结构。内部结构决定着乡村区域的功能与发展,是乡村地理学研究的核心。(2)乡村区域系统的功能与分类。乡村区域系统因其内部结构的差异,会形成不同的功能,从而构成不同类型的区域系统。(3)乡村区域系统中的资源及其开发。资源是乡村区域系统发展的基础子系统。(4)乡村区域系统中的人口。人口既是乡村区域系统的重要组成部分,又是乡村区域系统的管理者。所以,乡村地理学极为重视对乡村人口的研究。(5)乡村区域系统中的技术。技术是乡村区域系统的最活跃构成要素,是推动乡村区域系统发展的最直接力量,尤其对当代乡村区域系统而言,技术具有愈来愈重要的作用。所以,正确认识和把握不断更新着的技术是乡村地理学的一项基本任务。(6)乡村区域系统中的经济。经济是构成乡村区域系统的主体,是核心子系统。(7)乡村区域系统中的文化与组织。乡村区域系统相较于城市系统表现出明显的文化与组织特色,该特点对乡村区域系统的运行变化具有重要的影响,应成为乡村地理学研究的重点之一。(8)乡村区域系统中的生态。乡村生态子系统是乡村人类活动与乡村自然环境的交界部分,是乡村地理学新近研究的热点之一。(9)乡村区域系统中的居民点体系。居民点是乡村区域系统的实体要素之一,也是其他各要素的集中地。所以,居民点体系历来是乡村地理学的研究核心。(10)乡村区域系统的地域结构。乡村区域系统的地域结构主要指乡村人类活动过程及其产物的空间位置关系,由三个要素组成:作为节点的乡村居民点;以农业生产为主的域面;联系节点与域面的网络。

关于乡村区域系统的历史发展。乡村区域系统受各种因素的影响,经历了一个从低级到高级的持续发展过程,又受其内在演化规律的作用,表现出明显的阶段性。在时间演化的框架中考察乡村区域系统,成为乡村地理学研究的重要内容。

关于乡村区域系统的规划与管理。乡村区域系统的发展在某种程度上是可控的,人们可以通过认识规律对其进行规划、调节与管理。

第七章 着眼区域经济发展，践行经济地理学研究

20世纪50年代末，李润田深入地方人民公社开展小区域经济地理研究，对经济发展中的工农关系、内地与沿海关系、二三产业关系进行论证，并与河南经济发展相结合，践行经济地理学研究，为河南省经济发展贡献学者智慧。

一、科学总结河南区域发展的阶段性规律

李润田根据河南省情和历史过程，结合相关研究，将区域开发划分为六个阶段，即初级开发、初期发展、首次衰落、相对稳定发展、二次衰落和缓慢发展6个时期。

（一）初级开发时期

指从新石器时代至夏商奴隶社会。原始社会时期，河南境内自然条件比较优越，我们的祖先在今天河南省的西部和西北部河谷、平原从事劳动和生息，开始创造中华民族的文明。进入奴隶制社会夏代后，由于当时河南西部地处黄土冲积地带，土质疏松肥沃，生产工具得以改善并发展水利事业，加快了耕作业和饲养业的发展，炼铜、制骨和烧制陶器等手工业已达到相当发达

的水平。商代，青铜农具对农业的发展起了推动作用，耕作技术进一步改进，施肥、除草等技术相继出现，原始灌溉系统形成；农作物品种很多，有禾、黍、麦、粟、稷、麻等，还形成以饲养牛、马、羊、猪等为主的畜牧业，以鹿、狼、兔、雉、象等为对象的狩猎业。在原始手工业的基础上，逐步建立了手工业作坊，主要有炼铜、制陶、纺织等。这一时期还出现了货币贝壳和商品交换。

（二）初期发展时期

指从周秦至两汉时期。东周战国时期，奴隶制开始解体，河南境内已普遍使用铁制工具，推广牛耕技术。当时出现了防治水患、大兴水利、开凿运河的新高潮。沟通黄河与淮河的鸿沟水系的开通，不仅有利于河南城镇发展，而且进一步加强河南与全国各地的交通联系，同时还可利用余水进行灌溉，加速农业发展。据《周礼·夏官·职方氏》记载，豫州（主要区域为今河南省）是黍、稷、麦、菽（豆类）的主要产地。另据《战国策》记载，洛阳一带已有水稻的种植，西周时兴起的桑、麻种植，此时又得到新的发展。总之，当时中原不少地区都已成为发达的农业地区。公元前221年秦统一全国后，河南农田水利事业得到进一步发展，豫北地区修建了丹西渠、丹东渠、广利渠，豫西地区有阳渠（洛阳附近）等水利工程，井灌、池塘灌溉也有较大发展。淮河流域修筑了大量的塘陂（如汝南的洪却陂、塘陂等），灌田竟达几十万顷。生产工具和生产方法也都有了进一步的改进，大大推动了农业生产的发展，农作物种类大大增加，粮食作物中有稻

第七章 着眼区域经济发展,践行经济地理学研究

梁(谷子)、菽(豆)、麦、黍、稷等,经济作物中有麻、香桑等;蔬菜中有葱、韭等,果品中有桃、李、梅、枣等。还有从西域移入的苜蓿、葡萄、胡麻(芝麻)等。农业的发展为手工业的发展提供了有利条件,主要有冶铁业,丝、麻、纺织、兵器制造和农具修配等,其中以冶铁业较为重要。据《山海经》记载,当时铁矿冶点有30多处,有不少点分布在河南省境内的新安、陕县、灵宝、登封、南阳等地。水陆交通事业和商业也得到了迅速的发展,经济的繁荣促进城市了的发展,秦汉时期,全国大小城市共有18座,河南境内就有7座。这一时期是全国也是河南人口急剧增加的时期。另一方面,这个时期黄河决溢比先秦时代频繁,经常发生泛滥与改道,对河南省农业生产的破坏很大。

(三)首次衰落时期

指从两晋到南北朝时期。公元280年两晋统一全国,统治者为巩固其统治地位,实行了不少有利于发展生产的措施,如广置屯田、鼓励开荒、大兴水利等,推动了农业生产的恢复与发展。但公元291年的"八王之乱"使社会又一次陷入到动乱时期。西北少数民族不断侵入中原地区,迫使晋室南迁(东晋),形成了南北对峙的分裂局面,从而导致水利设施遭到严重破坏,大片土地荒芜,人民流离失所。整个社会生产几乎完全陷入停顿状态,经济基础受到巨大的摧残和破坏,河南出现首次经济衰落时期。但在良种选育、绿肥轮作、作物栽培、家畜饲养、农牧结合、农产品加工诸多方面还是有了较大的发展。尽管不少城市的发展也

受到了极大的影响,但是,在当时的统治中心和少数民族地区的少数城市还是得到了一定的发展,如漳河岸旁的邺城、北魏都城平城(今大同市)、西夏都城统万城等。

(四) 相对稳定发展时期

指从隋唐到北宋时期。隋代开凿了沟通黄淮两大水系的通济渠(唐为广济渠,即汴河),推行"均田制"并兴修水利等措施,推动了河南经济的发展。据《新唐书·地理志》等记载:唐代全国修建较大的水利工程269处,其中河南省境内就有39处,居全国各道第三位。中原地区成为北方重要水稻产区,从淇河流域到淮河流域的广大地区均发展蚕桑业。到唐代开元时期,中原地区的农业进入了兴盛时期,黄河以北淇水流域的相州、怀州,洛阳附近的伊洛河流域,黄河以南的汴河、颍河等流域是当时农业生产的发达地区,今河南省的泌阳、淇县、安阳、郑州、洛阳、开封、商丘、许昌、汝南等地是当时河南的主要粮食产区。手工业在隋代和唐前期都得到了恢复和发展。河南、山东、河北是全国丝织业的主要区域,隋时相州(今安阳)出产精美的贡品绫纹细布,唐时滑州(今滑县)出产的缣纨是高级丝织品。隋唐时期青瓷和白瓷工艺都有明显进步,安阳是北方青瓷的重要产区,洛阳地区也是唐代著名的产瓷地。商业进一步繁荣。大运河修通后,洛阳成为同京都长安并列的全国较大的商业城市,位居汴河要冲的今开封市是汴河沿岸的繁华商业城市,位居汴河北端的荥阳当时也是转运繁忙的商业城镇。但总的来说,整个中原地区的经济恢复与发展状况还不够平衡,南北朝时期遭受严重破坏的农业生产一直没能得到完全恢复,特别是豫西的山地丘陵地区更为明显。

宋朝建立后,社会经济得到了恢复和发展。当时较为重视黄河治理工作,大兴水利事业,中原地区农业获得一定程度的发展,丝织业、制瓷业以及新兴的采冶业和采煤业兴起,但中原经济发展的水平还不如南方。公元12世纪,宋高宗把国都迁到临安(今杭州),全国政治中心南移,中原地区便成了宋、金(元)争夺的地区,战争不断发生,从而使河南社会经济又一次遭受了大的破坏。

(五)二次衰落时期

指从南宋至明清社会后期。北宋末年到金代这100多年间,中原地区整个社会与经济受到了极大的摧残,人口大量减少,土地成片荒芜,农业生产、手工业生产部门陷入了停顿和萎缩状态。一直是全国政治、经济中心或靠近全国政治经济中心的中原地带,自元朝开始,有利社会经济发展的条件不复存在,社会经济和文化的发展受阻。朱元璋建立明朝后,鼓励垦荒,在全国组织大规模屯田,对治理黄河下了很大功夫,河南农业生产得到了很大发展。棉花有了大面积的种植,玉米、番薯等农作物新品种被积极引进和推广。手工业也有了相应的发展,棉纺织业和矿冶业及采煤业等有了较大的发展,商业也得到了进一步发展。清朝以后,当政者为了巩固其统治,对内治理各种水患,对外采取了征服外藩和与邻国加强友好关系等方针政策,出现了大清帝国康(熙)、雍(正)、乾(隆)三朝的鼎盛时期,但由于民族矛盾不断加剧,整个社会处于相对衰落的缓慢发展时期。

(六)缓慢发展时期

指从清末至民国时期。鸦片战争以前,河南自然经济占据统治地位,但也有一定的商品经济,手工业部门中简单商品的生产有一定扩大,商品性农业也有所扩展。1902—1905年京汉铁路南北贯穿河南全境,1908年汴洛铁路修建并向东西延长到徐州和西安,两者相会于郑州,河南省由此成为帝国主义的势力范围,在政治、经济、社会方面受到极为深刻的影响,农村自给自足的经济被彻底破坏了。为了适应帝国主义的需要,人们在铁路沿线广种棉花、花生、烟叶等,河南农业生产走向片面专门化;为了输出芝麻、大豆等油料作物,河南成为帝国主义者地道的原料生产地。1860年帝国主义者又将罂粟输入河南,首先在伏牛山区普遍种植,以后又遍及豫东平原和南阳盆地,河南成为全国鸦片的重要产区之一。(尽管河南蚕丝业已有一定规模。)河南粮食作物中的小麦也变成商品,作为面粉工业原料而大部分远销长江流域;其他如红芋、谷子和高粱成为农民的口粮。民国以来的军阀混战,加之水、旱、蝗等自然灾害,到中华人民共和国成立前夕,河南经济已处于全面崩溃的境地。

回顾河南区域经济发展历史,李润田得出如下结论:第一,优越的地理位置使得河南成为中华民族的发祥地之一,也是我国开发最早的地区之一。第二,河南区域经济发展应遵循从低级到高级,从简单到复杂,从不协调到逐步趋向协调的总规律进行,逐步趋向经济协调发展。第三,河南水、旱、蝗等自然灾害特别严重,未来必须把黄河、淮河严重水灾及旱灾防治放到与经济社会发展同等重要的地位加以重视。第四,必须恢复经济建设,加强现代化的基础支撑。第五,河南长期以来位居中原腹心地位,乃东西南北的交通要冲,具有枢纽的区位优势,未来如何充分发挥河南固有的历史、地理优势,也是亟待研究和解决的重大课题之一。

二、系统阐述不同部门、区域的相互关系

(一)以农业为基础,二业为主导,工农业协调发展

进行地区生产布局时,除了要注意该地区各种地理条件的有利与不利的影响,还要格外重视、善于处理农业布局和工业布局的关系。其核心观点如下:第一,工农业发展互为基础。工业发展和布局要以农业发展和布局为前提,不要超越附近农业生产区所提供的粮食、副食品等物质基础所允许的可能性;工业发展要面向农业,支援农业生产,为改善农民生活而服务。工业布局还要考虑本身所需要的资源、设备、技术等条件以及工业发展方向,更深入细致地考虑当地农业生产的结构、规模等。第二,轻工业的原料地指向特征明显。将原料地提供的原料种类、数

量、质量以及分布的特点,作为确定轻工业企业布局的重要依据。第三,合理安排各个行业的劳动力需求。因为农业是工业发展的基础,在安排劳动力时,首先应当满足农业生产部门的要求,再考虑工业布局对劳动力的需求。第四,工农业布局应依据相互需求做适当调整。农业布局应充分考虑就近地区的生产生活资料和化学肥料、农药等工业生产部门状况,以保证地区的农业机械化、电气化等。新工业基地和老工业区要根据农业布局的需要进行合理部署,以达到彼此的结合和促进。

(二)深刻理解沿海与内地工业发展的辩证关系

第一,辩证对待沿海工业和内地工业的关系。为高速发展工业,应尽快地建立起完整的国民经济体系,为发展指明正确的方向。第二,充分发挥沿海现有工业生产潜力,这是扩大工业生产能力的重要途径。利用和发展沿海工业,要注重沿海工业的扩建和改建,并对老企业进行挖潜、革新和改造。第三,基于我国未来从外国大规模引进先进技术和装备、进口必需的某些工业原料的必然性,从时间、速度和减少不合理运输等方面看,在沿海地区建设新的工业企业(工业基地)是最合理的。在沿海地区进行工业布局时,还要注意贯彻集中与分散的布局原则。第四,在发展沿海工业的过程中,必须贯彻"以农业为基础,工业为主导"的总方针,正确处理工农业生产和布局的相互关系,改变沿海工业基地吃粮靠外省的状态。同时,要充分利用沿海工业生产的有利条件,大力支援农业,尽快实现农业机械化。

（三）基于沿边开放的问题，提出具体应对策略

沿边开放是我国全方位开放战略的重要组成部分，李润田结合地缘政治观和地理空间认知，提出以下观点。

沿边地区开放具有重要作用：能使沿边地区丰富的资源得到合理的开发，变资源优势为经济优势；能迅速改变沿边地区贫穷落后的面貌；有利于因地制宜，发挥优势，改善区内生产力布局不合理状况；有利于带动服务行业和其它产业的全面发展；更好地发挥沿边地区的地缘优势，利用周边国家开放的条件，积极参与国际分工与地区经济合作；加快我国形成多层次、多渠道、全方位格局的步伐。沿边贸易有自己的特点，但沿边地区也存在着一些亟待解决的矛盾和问题：开放意识和商品观念不够强烈；对外开放的环境跟不上边境贸易发展的需要；"宽、严"对峙，政策不配套；开放内容过于单一，其优势潜力发挥不充分；提供周边国家的商品出现产销脱节，且质量不高；宏观调控、管理乏力。

为了顺利实施沿边开放战略，加强边境贸易的步伐，李润田针对上述几个存在的突出问题提出应对措施。第一，要不断努力提高全体人民的开放意识、参与意识、商品意识，自力更生，奋发图强，敢想敢闯敢干。第二，加快基础设施建设，改善软环境，加强软环境方面的制度建设，加快口岸建设。第三，转变管理方式，设置边贸管理局，建立健全边贸发展管理机制体制；修订完善海关征收进出口税办法；调整和改进现行边贸监管模式。第

四,从各沿边地区的实际情况和周边国家市场的需求出发,根据本地区优势,发展各种产业,建立国际市场短缺商品生产基地,培育具有潜在出口优势的产品生产基地。第五,建立一套完整、科学而又符合边疆地区实际情况的管理办法,加强国家的宏观调控和监督能力,规范边境贸易。

三、剖析河南工业布局特征,谋划未来发展路径

李润田剖析河南工业历史,探讨发展规律与布局特征,并于20世纪90年代初提出工业优化布局的基本路径。

(一)剖析历史,挖掘发展规律

各个时期的工业布局是在不同的工业基础上进行扩展和深化的,纵观全省工业布局的形成和演化过程,尽管布局的资源基础相同,但由于所处时代不同,布局思想各异,就形成不同的布局结果。早期工业出现是和农牧业生产发展密切联系的,因此,古代工业多分布在自然条件较好、人口集中的地区,以小型化、自给自足为特点,呈现原始的均衡格局,对现代工业的优势产品区位有重要影响。新中国成立前的近代工业受国外资本控制,基于开发和掠夺资源的指导思想,布局上不能自主,只是低层次的大宗原料"外向型开发基地"。新中国成立后至20世纪70年代末,在全国生产力宏观布局的思想指导下,河南形成了立足资源产地的布局形式。接下来的八九十年代,在追求区域发展速度和效益思想的支配下,工业布局指导思想立足区内资源、面向

内外市场的意识越来越占据主导地位。

（二）系统研究河南工业发展与布局特征

根据历史的考察、系统的分析和统计资料的计算结果,李润田论证了河南工业布局的主要特征:第一,河南工业在全国工业格局中属于近期上升型,能源工业地区(平顶山、焦作和濮阳)和豫东黄淮平原区(商丘、周口)的农业地区比重不断增大,郑、汴、许、洛等早期工业规模较大的地区比重下降,河南工业布局逐渐从不平衡趋向平衡。第二,河南工业形成内核、外围布局模式。焦枝、焦荷、孟宝铁路沿线带,陇海中段和京广北中段沿线带两条纵向、三条横向产值密集带交织重叠的豫西北地区,成为河南的工业内核区,其外部铁路沿线一带成为河南工业地域结构的外围区。第三,河南已形成市—县—乡镇工业地域体系。全省10多个工业中心中的9个集中在豫西北地区,强辐射中心与其辐射面构成市—县工业(包括乡镇工业)地域体系。众多与农业密切结合的乡镇工业担负着市区内大中型企业的原材料、零部件等初级产品加工任务,构成了大工业发展的基础。市区大中型企业又通过技术与资金促进县域工业的发展,这标志着河南工业地域单元体系基本成形。第四,不同部门组合有着不同的生产效益。淮阳、平顶山、鹤壁、南阳等以采掘业为部门结构主体的地区,工业收入占工业产值的比重一般较大,如平顶山和濮阳分别以煤炭、石油开采为主型,以石油为主地区的劳动生产率显著高于以煤炭为主的地区。洛阳、新乡等以制造业为结构主体的地区,原材料消耗数量大,其净收入比例较小。郑州市轻重工业比例适中,形成了较好的生产效益。许昌市建立在农产品加工(以卷烟为主)基础上的地区"资源-工业"结构,无论是净产出比例还是劳动生产率均较好。

(三)谋划河南工业未来发展路径

新中国成立以后头40年时间,河南工业得到了显著改善,但工业布局依旧存在一些问题,未来要做好如下工作。第一,依托地区资源和交通优化,国家应围绕能源、冶金、重化工和建材等行业有计划、有步骤地在河南省内新建、改造或扩建一批大型现代化企业,以逐步实现我国从沿海到中部,然后向西部展开纵向顺序推移的战略布局构想。第二,依据河南处于工业化早期向成熟期过渡阶段的特征,确定工业发展重点。全省工业应向内核区集聚,综合性工业城市如郑州、开封、洛阳、新乡、安阳等市构成的"T"形轴线是内核区发展重点,郑州市作为特大城市发展,以增强集聚和扩散力;优先发展焦作、平顶山、鹤壁、濮阳等市的能源工业,煤城义马市应改善水源等限制条件。现阶段在外围区应选择区位条件较好的点,重点发展轻工、纺织业。第三,通过县乡工业建设,完善市—县—乡镇工业体系,提高经济效益,缓解生态环境矛盾。将县城作为扩展工业的主要对象,将几条铁路沿线工业密集带上的乡镇,尤其是郑州、洛阳、平顶山、焦作、开封、新乡和安阳等城市附近的卫星城镇作为重点对象,疏散工业企业。对于广大地区的大批乡、村或个体办工业,应本着提高生产效益的原则,积极引导,适当整顿,稳步发展。第四,依据本省优势,发展外向型工业。在区位条件较好的"T"形轴线上,围绕纺织、有色冶金、煤炭等行业"向外"调整产业结构,挖掘技术潜力,改造传统部门,发展出口创汇产品;扶持县乡工业中既有资源基础,拓展农副产品加工市场;有计划地进行劳动培训,组织劳务输出。第五,建立合理的工业地域组合,统筹区域分工。将全省划分为豫北区、豫东区、豫东南区、豫西南区、豫西区、豫中区、郑州区等7个经济区域,依据各区发展基础和优势,优化地域分工。

四、开展小区域经济地理研究,影响深远

(一) 划分小区域工业行业类别

20世纪50年代末,结合对遂平岈岈山、信阳狮河港、禹县薛沟、开封市东京等人民公社的自然、经济进行的综合调查和考查,李润田带领师生及课题组一起论证了人民公社办工业的意义,并按照人民公社建立的工业企业、工业产品的性质和服务对象,将工业分为7个部门——为农业生产服务的工业、为社员生活服务的工业、农副产品加工工业、建筑材料工业、动力工业、采掘和冶炼工业、特种手工艺品等部门。

(二) 提出小区域工业行业布局的基本原则

李润田等认为,公社的每个生产队都应根据因地制宜、就地

取材、就地销售的原则大力兴办工业,且这种适当分散的配置原则,应该说是恰当的。但在公社的中心居民点(公社管理委员会所在地)或条件较优越的地点,集中地建立一批规模较大,技术水平较高以及不适于一般性生产队所举办的工业,也是十分必要的。不同的行业布局有自己的特点:(1)根据区域资源禀赋和综合开发自然资源的原则,建设能源(动力)工业,在规模上力求小型的动力电力站,地区分布应适当集中。(2)冶金机械工业布局,要靠近原料基地、水源、电源以降低产品成本,保证工厂的正常生产;钢铁企业不要配置在居民点的上风方位;机械工业配置要接近原料产区,还应当选择交通比较方便和具有一定技术力量的居民点。还要根据不同地区的特点与要求,建立不同规模的机械制造厂、修配厂、修配站、修理小组等,保证农业生产的发展。(3)化学肥料工业应配置在农业地区或原料地,或在交通比较方便和离消费区较近的地区;要在接近河流的地带,方便水源供应和污水排放,工厂附近最好有没有受到污染的水源。(4)服务于人民生活的工业。对于人民需要量大、且原料分布比较普遍的面粉、榨油坊等工厂,以配置在中心居民点为宜。通过调研和剖析,李润田等又提出了人民公社工业的运行机制。

(三)提出小区域工业发展的路径

在特定历史条件下,人民公社是把我国建设成为一个拥有现代化工业、现代化农业和现代化科学文化的伟大的社会主义国家的一支不容忽视的力量。在国家现代大型工业为农业提供拖拉机、汽车和大型农业机械、排灌机械设备的同时，公社工业担负起大量的小型农业机械、小型设备的供应任务。人民公社的工业发展配合国家大工业，保证了农业技术改造的完成，农业"四化"的实现。这一设想对于改革开放后乡镇企业的发展，具有重要的指导意义。

五、着眼乡镇企业，谋划县域经济振兴之路

（一）基于现状，提出乡镇企业发展路径

党的十一届三中全会以来，我国的乡镇企业在广阔的农村土地上异军突起，河南乡镇企业在数量、规模、效益等方面均有较快的发展，在全省国民经济中已有"半壁河山"之称，对全省农村经济的发展也发挥了越来越大的作用。李润田等研究发现，河南乡镇企业发展具有以下几个特点：第一，发展速度和经济效益同步增长，1995年河南省乡镇企业总产值、工业总产值、企业总收入、上交国家税金、纯利润等主要经济效益指标出现第一次大飞跃。第二，乡镇企业已成为全省农村经济的主体。第三，乡镇企业"大户"增加迅猛，全省乡镇企业高产的乡、村企业出现得越来越多。第四，乡镇企业空间分布不平衡，西北部和中部地区比较发达，南部、东部则比较落后。

李润田剖析乡镇工业与农业发展、生态环境的关系，认为：第一，乡镇工业与农业发展存在对立统一的关系。乡镇工业的

发展在剩余劳动力就业、农民增收和个体素养、村集体收入增加等方面对农村的正向影响非常显著。两者之间在耕地占用、工农业发展关系等方面依旧存在矛盾,但是,这些矛盾并不是事物的主要方面,可以逐步予以解决。第二,乡镇工业与生态环境存在矛盾但可以解决。乡镇工业对生态环境的污染问题要在思想上重视,统筹规划,制定合理且有力的政策、措施,二者的矛盾是完全可以解决的。

我国经济以粗放外延发展为典型特征,以高投入、高消耗、高污染实现经济的高增长,导致资源供给不足、环境污染日重、生态破坏加剧。全国乡镇企业表现得尤为突出,河南也不例外。因此,应摒弃传统发展模式,遵循《中国 21 世纪议程》的可持续发展思想,实现乡镇企业快速发展。李润田提出了河南乡镇企业的可持续发展路径:第一,积极加强环保宣传,大力提高全民环保意识。第二,将全省乡镇环境保护目标和措施纳入国民经济和社会发展中长期规划和年度计划,根据需要与可能将防治污染费用纳入政府预算,切实加强宏观调控;加强环保机构建设和健全各级环保网络,保证《环境保护法》及有关环保规定的层层落实,实现有效的环境监督管理。第三,逐步淘汰污染企业,发展外向型和科技含量高的产品,合理调整产业结构和产品结构;根据区域类型和承担的功能,严格落实空间准入政策。第四,搞好县、乡(镇)、村的整体发展规划(包括环保规划),加快工业小区建设,实现工业企业统一规划、合理布局。第五,增加环保投资,依靠科技进步和先进的装备,积极发展环保事业。第六,要积极而有计划地根据整体规划开展区域环境影响评价。

(二)剖析县域经济特征,勾勒经济发展的基本原则

县域经济在区域经济发展中具有重要作用:第一,基于农业发展、乡镇企业、农村市场等要素的县域经济是国民经济不可替代的区域经济基础。第二,县域经济是解决"三农"问题、加速工业化进程、推进城镇化的切入点和关键环节,因此,也是全面建设小康社会的重要支撑。第三,我国经济体制改革最先在农村开展并取得重大进展,县域也因此成为我国新旧体制矛盾的焦点;而它介于城乡关系之间,成为矛盾的焦点,从而成为深化城乡改革的突破口。

李润田认为,县域经济存在五个方面的特征。第一,整体性。农业、乡镇工业、工业、交通业以及商业、旅游业等通过相互制约、相互联系形成县域经济系统,整体性是县域经济的根本特征。第二,地域性。县域经济是整个国民经济网络中的基本地域性网络;经济活动在一定地域范围内进行,具有地域性;基于历史、自然、社会条件等方面的不同,形成经济优势的地域性。第三,层次性。县域经济作为国民经济一个层次,其本身又包括有县域经济、乡镇经济以及村域经济3个层次,每一个层次又包括多种经济成份和多种经济形式等。第四,基础性,体现在它是国家最基础的经济发展和布局的单元。第五,分散性。农业劳动的分散,能够充分利用土地的自然生产率和地域空间的各种

资源。

李润田提出了未来发展县域经济应遵循的五大原则：第一，市场导向原则。发展县域经济要以市场为生存环境，要以是否能在市场中完成发展要素的配置和能否经受市场优胜劣汰考验来检验。第二，产业特色原则。区域产业特色是形成市场相对竞争优势的重要条件和发展县域经济的关键。特色就是产品的差别化，是不能被替代的品质，它是无形资产。产业特色是形成经济结构特色的基础，经济结构的特色则反映了从资源占有到市场占有的优势条件。第三，短期与长远相结合的原则。在支柱产业、主导产业的选择乃至县域经济发展战略中经济发展方向和发展政策的制定时，既要关注眼前利益，更要有长远眼光。第四，可持续发展原则。发展县域经济必须与人口、资源、环境联系起来考虑，把当前发展与长远发展、局部发展与全面发展相结合，既注意数量增长，又要注重质量提高。发展要建立在合理利用自然资源和保护生态环境的基础上，使经济发展和社会进步达到同步协调。第五，依靠科技发展的原则。强化依靠科技意识，吸引更多科技人才，加强企业科技工作，强化县、乡、村、组四级科普网络，长期坚持科技兴县不动摇。

六、选择重点部门，深入论证烟草产业与旅游业发展策略

李润田还以烟草产业、旅游业为例，提出其部门地理的调研分析成果。

（一）总结特点与问题，提出烟草产业发展对策

李润田认为,经过40多年的建设和发展,中国烟草产业取得了五个方面的成就:生产发展迅速,并取得明显效益;卷烟产品结构性调整取得了突破性进展;行业技术进步有重大发展;卷烟工业布局不仅得到进一步扩大,且开始趋向合理;实行了烟草专卖体制,加了集中与统一管理。但河南卷烟工业存在如下问题:第一,处于慢速不稳定发展阶段,发展后劲不足;第二,产品结构调整不够理想,高级烟所占比重较小;第三,产品地位下降,省外销量减少;第四,亏损企业多,亏损严重。

针对上述问题,李润田结合河南省卷烟工业的发展现状、趋势特点,提出了未来的发展路径。第一,完成从"速度效益型"向"结构效益型"的转变。要确保现有名烟和适销对路卷烟的生产,通过提高烟叶质量和卷烟技术,扩大现有名优烟的生产质量;抓好新产品的开发工作,拿出质量过硬的"拳头产品";从传统烤烟型向改造烤烟型和混和卷烟型转变,大力发展混合型香烟。第二,确保卷烟产业的支柱产业地位。对企业在资金、技术设备和各项政策上给予优先考虑,特殊对待,为企业的发展铺平道路。第三,投资要向重点企业倾斜,加快卷烟工业技改步伐。由各级政府支持,对卷烟企业给予大量投资、集中投资,尽可能缩短技改周期。第四,整顿亏损烟草加工企业。适当关停亏损企业,提高河南省卷烟工业的整体经济效益,增加财政收入。第五,大力发展卷烟配套工业,减少进口用汇,提高经济效益。第

六,瞄准国际标准,提高烟叶质量,优化品种结构,确保河南卷烟工业的振兴。第七,企业经营要从粗放经营向集约经营转变。全方位加强企业管理,通过企业管理升级活动提高经济效益;提高干部队伍的管理水平和职工的业务技术水平,广泛吸收专业技术人才,减少科技人员外流。第八,要注意充分发挥河南烟草和卷烟的科技优势,建立相应的学术组织和科学管理组织,协同攻关,解决"两烟"生产中的重大科研课题,走科技兴烟道路。

(二) 全面评价旅游资源,提出河南旅游业发展路径

河南是中华民族的发祥地之一,无论自然条件或人文环境,河南都是我国旅游资源得天独厚之地,是发展旅游潜力最大的省区之一。李润田结合区域地理方面的研究成果,对河南省旅游资源进行分析与评价,提出了未来发展的主要途径。

李润田按照旅游资源的属性,将其分为自然和人文两大类,对河南的旅游资源予以分析和评价。

1. 河南自然旅游资源分析与评价

由于纬度位置和地壳的演变,河南自然旅游资源独具特色。构成自然旅游资源的基本要素主要有气候变幻、风景地貌、水色风光、动植物等。河南气候具有明显的过渡性,温暖适中,兼有南北之长。不同季节的天气状况也会引起景物的变化,如"嵩山云海""少室晴雪""相国霜钟"等景观,以及避暑胜地鸡公山等,无一不与气候有直接关系。风景地貌是地表在内外营力的作用

下，形成的千奇百态的地表形态与结构，它是其他自然旅游资源存在的基础。作为风景旅游资源的地貌类别，主要有山地、山峰、高原、盆地、平原和峡谷等。河南主要旅游资源有豫晋界山——太行山、扇形的豫西山地、江淮分水岭——桐柏山和大别山，广阔的东部平原。水在自然环境的形成和发展过程中是一个最活跃的因素，也是极为宝贵的旅游资源。河南是一个河流众多，水系复杂的省份，其中尤以黄河旅游价值较大。黄河汹涌澎湃，滚滚东流，很久以来就是中华民族的象征，"三门峡""地上河"的特有景观早已名扬天下；又因不少河流流经山区，产生了不少龙潭、瀑布等天然美景，也有类型繁多的山泉分布。新中国成立以来河南在黄河中游、淮河上游和丹江，兴建了不少大中型水库，如三门峡、南湾、板桥、鸭河口、丹江等，以及驰名中外的红旗渠。这些人工水体多与山色融成一体，也是非常好的旅游资源。植被是自然景观的主要标志，河南地处南北过渡地带，气候温和湿润，适宜各种植物生长，植物种类在华北地区占重要地位。河南植物不仅种类多，而且还保留着许多古老的孑遗植物，如长形希指蕨、白垩希指蕨等多种含白垩系成分的植物；也有银杏、粗榧树等中国特有树种。河南尚有千年以上的银杏树种和两千多年的"汉大将军柏"，成为河南历史上最古老的树种之一。在广大山区还分布有油松、白皮松、毛白杨、马尾松、杉木、枫香、青冈栎、杜仲、毛竹、水竹等，它们不但构成自然植被的主体，也丰富了河南省旅游资源的内容。丰富的植物资源不仅对科学研究、文化教育、经济发展有着重要意义，而且也是旅游资源的重要内容与依托。

2. 河南人文旅游资源的分析与评价

河南地处中原,是中华民族发祥地之一,人文旅游资源极为丰富,其最突出的特点是以"古"著称。河南文物古迹之多,时代连续之系统,在全国实为罕见,可称为中国历史进程的缩影。从五六万年前的南召云阳猿人开始,到历代经济文化的发展阶段,都有迹可寻,有物可证。河南主要的文化遗址和名胜古迹有:仰韶文化遗址、殷墟、商代古城、少林寺、白马寺、相国寺、龙亭、铁塔、岳王庙、龙门石窟、卧龙岗、杜甫故里、巩县宋陵、张衡墓、韩愈墓等,特别是九朝古都洛阳、八朝古都开封、五朝古都安阳,历史风貌历历在目。古建筑群、古塔、古桥梁、石窟造像、碑林石刻在中州大地上星罗棋布,比比皆是。这些文化遗址和文物古迹多散布于青山秀水之间,自然美和人工美相互结合,融为一体,使河南的旅游资源更加丰富多彩,妩媚动人。河南也是中国近现代革命史上赫赫有名的省份之一。为了民族解放,河南人民在中国共产党的领导下,开展了许多英勇卓绝的斗争,不仅留下了无数的近现代革命历史文物,且形成了许多革命纪念地。较著名的有开封辛亥革命烈士纪念塔、郑州"二七"大罢工纪念塔和纪念堂、第二次革命战争时期新县中共中央分局旧址、抗日战争时期竹沟中共中央中原局旧址和洛阳八路军办事处旧址、解放战争时期永城淮海战役纪念馆等。另外,河南的地方戏曲、民间风习、节庆活动、地方佳肴等,也是具有独特乡土气息的人文旅游资源。

李润田结合 1977—1983 年旅游业发展的相关数据,进行定性与定量分析,总结河南旅游业发展的特点如下。第一,旅游资源得到初步开发,但尚不充分。河南现存的文物、名胜古迹尽管十分丰富,但由于年久失修和严重破坏,很多资源残破不堪。尚有相当部分的旅游资源未被开发、利用,或利用得不够充分。第二,旅游资源丰富,但对重点项目宣传不够,未能形成"名气"。已开发的旅游资源,除龙门石窟和少林寺在国际上有较大影响外,大部分没有宣传出去,一些重点旅游项目也未享有应有的"名气"。第三,旅游结构过于单一。河南旅游资源重点没有完全突显出来,且旅游活动内容和形式过于单调。第四,全省旅游资源开发和利用的计划性不强。河南风景名胜、文物古迹和革命纪念地等旅游资源分布普遍,但已开发项目分布较集中,如何有计划、有步骤地合理开发利用,尚缺乏完整的论证和统一的规划。第五,旅游交通和其他服务设施尚不配套。全省旅游交通和其他服务设施,尚不能适应旅游业迅速发展的需要。省内不少旅游点的商业服务网点少,影响了全省旅游业的社会效益和经济效益。

李润田根据中央有关发展旅游事业的方针,结合河南旅游事业现状与特点、未来趋势,提出了旅游业发展路径。第一,要有计划、有步骤地开展全省旅游资源的调查、研究工作。应组织有关业务部门有计划、有步骤地开展旅游资源的普查,在普查的基础上,进行系统的科学分类,探讨其合理利用途径及其潜力;在技术经济论证和科学评价的基础上,提出开发方案。第二,在充分、合理开发利用原有旅游资源的同时,积极而有重点地开辟新的旅游区,进一步提高开发利用水平。对已开放的郑州、开封、洛阳、新乡、安阳、三门峡、信阳等地市的旅游区点,要充实活动内容和设施;要有计划地开发已查明的辉县、巩县、密县等100多个旅游景点;在普查旅游资源的同时,应对新发现或已发现的旅游资源进行积极而有重点地开发利用。第三,要逐步建立有重点又多样化的、合理的旅游结构。河南以"古"发展旅游业,资源极为丰富;以"黄"发展旅游业,条件完全具备。要将"古""黄"结合起来,充分利用和发挥。充分利用名山大川、水库温泉、溶洞、大型水利工程和自然保护区等旅游资源,有计划、有步骤地逐项开发,以形成独具特色又多样化的旅游结构。第四,要进行统一的旅游区划和规划。对河南几个重要旅游区要尽快开展统一区划和合理规划,完成旅游区、片、点的区划,再进行总体规划,保证区划与规划的高度协调与统一。第五,要积极发展旅游交通,大力发展区内、区外的交通运输,适应今后旅游高潮的到来。

第八章 高瞻远瞩，践行可持续发展理念

李润田是我国区域可持续发展研究领域的开拓者之一，他凭借深厚的学术根底、认真的探究精神、善于独立思考的品格，对可持续发展思想进行了较为深刻的研究，提出了自己的独到见解。

一、准确界定可持续发展的核心问题

20世纪90年代以来，基于历史教训、当前形势以及未来面临的人口失控、粮食短缺、生态破坏等危机，可持续发展理论与战略成为全人类发展经济、社会的必然选择。李润田以"人地关系协调理论"为基础，在国内率先开展了区域尤其是省区可持续发展研究。

（一）梳理、剖析可持续发展的形成过程与发展背景

李润田系统梳理了可持续发展思想、概念产生与演变的背景。联合国环境规划署于1980年发表的《世界自然资源保护大纲》系统阐述了关于发展和保护的命题，提出了生物资源的三

大目标和实现目标的途径及措施。在世界自然保护联盟发表的纲领性文件《保护地球——可持续生存战略》中,对可持续发展进行了初步界定:"改进人类的生存质量,同时不要超过支持发展的生态系统的负荷能力。"但这一定义仍不够确切和完整。1987年,世界环境与发展委员会(WCED)向联合国提交了一份名为《我们共同的未来》的报告,将"可持续发展"界定为"满足当代人的需要,又不对后代人满足其需要的能力构成危害",得到了大会的公认和采纳。在1992年6月召开的联合国环境与发展大会上,可持续发展成为人类的共识和时代的强音,并被体现到这个会议的五个重要文件中。会后仅几年的时间,"可持续发展"得到广泛的关注并付诸行动,甚至形成一股浪潮。李润田认为,我国坚持可持续发展思想理论,走可持续发展道路有重要的事实依据:历史的沉痛教训;当前形势发展的迫切需要;未来可能面临的人口失控、粮食短缺、生态破坏等。

通过全面而有条理的梳理,明晰了可持续发展思想、概念产生与演变的背景,为以后的科研及可持续发展战略的制定提供了借鉴。

(二)科学界定可持续发展的概念,系统阐释其内涵

国内不同学科的专家对可持续发展的概念众说纷纭,李润田认为,他们在核心思想上都有一个共同点,就是强调必须把自然资源和生态环境保护好,使它们不仅在当代不受到损害和破

坏,而且后代也应保持可持续性,只有这样,才能实现社会和经济的可持续发展。

李润田对不同学者的观点分别进行检验、批判和发展,通过大量的文献梳理,系统阐述了可持续发展的内涵。第一,发展是人类共同的和普遍的权利,无论是哪个国家都享有平等的发展权利。同样,可持续发展是世界各个国家所必要的。第二,发展既包括经济发展,也包括社会发展。经济发展和社会发展是相互依存、相互促进的,经济发展是社会发展的前提和基础,社会发展是经济发展的条件和目的。第三,强调发展的代际和代内观念。在发展问题上,一定要持辩证唯物主义和历史唯物主义态度去看待发展的历史性和时间上的一致性,不能随意割断历史,不能忽视当代和后代的平等以及当代各方面与后代的平衡。第四,强调发展一定要充分认识和妥善解决好人口、资源、环境与发展之间的相互关系,并使他们协调一致以求得相互平衡。第五,强调人类必须彻底实现由"人是自然主人"向"人是自然成员"的态度转变。

(三)锚定核心:人口、资源、环境与经济的协调发展

可持续发展这一概念尽管已成为新旧世界转换之际最重要的命题,各国尤其是重大国际会议的关注热点,但关于"持续发展"核心问题的认识还是不尽相同的。李润田坚持实事求是的原则,秉承开拓进取的精神,从真正反映客观实际出发,指出人

口、资源、环境与经济的协调发展才是可持续发展的核心。

李润田指出,必须看清楚两个问题。第一个问题,怎么理解可持续发展的核心问题,即指如何把"既满足当代人的需要,又不对后代人满足其需要的能力构成危害"这句话逐步变成现实。第二个问题,为什么说人口、资源、环境与经济的协调发展就是持续发展的核心问题或关键。尽管说法不少,但都不够完善,或者说都没有真正反映出客观事物发展的规律性。他认为,人口、资源、环境与经济协调发展是持续发展的核心,主要理由是:根据现代系统理论,可以把"人类与发展问题"看作一个大系统,大系统中还可分为子系统,而人类社会是在自然系统、经济系统、社会系统所组成的复合系统中不断发展前进的。发展包涵了经济发展、社会发展和生态发展三个方面,其中,经济发展是中心,社会发展是保障,生态发展是基础。在这一复杂的系统中,又可以分为人口、社会、经济、科技、资源、环境等几个主要系统,这些系统之间存在着一种十分紧密的、相互作用的辩证关系。大系统中任何一个子系统的改变都会引起其他子系统发生变化,并对整个大系统的状态产生影响;反之,大系统有了变动也必然影响子系统。这种相互作用、相互制约的关系是一分为二的,一方面起积极作用,另一方面也起负作用。持续发展的前提条件是系统之间的协调,而协调的实质是发挥、促进其积极作用,遏止、消除其消极作用,从而实现四者之间的良性循环。

在各子系统所组成的网络中,尽管每个单项因素都占有一定的地位和作用,但人口、资源、环境、经济四者是系统中的核心部分。李润田对此进行了充分论证：第一，人口与经济的可持续发展是总体持续发展的基础。在全部可持续发展的重要因素中，人口是中心，经济是基础，资源与环境是前提，因此，人口、资源、环境与经济四个因素成为可持续发展的核心是理所当然的。第二，发展到底能不能持续（或称持久），关键并不在于单项因素在其中起的作用是大是小，最主要的是各单项因素的综合作用是大是小，特别是其中几项重要因素——人口、资源、环境与经济等能不能相互协调发展。只有四者协调发展，才可以实现总体的可持续发展。第三，人口、资源、环境与经济这个复杂的系统内部尽管还存在着一定的矛盾，但依据协调论的原理，它们之间不是各自独立存在的，而是有着紧密的关系——这种关系构成了四者协调发展的基础。

李润田辩证分析了关于可持续发展的核心说法，认为他们都不能真正反映客观实际，而他的"人口、资源、环境与经济的协调发展才是可持续发展的核心"，道出了可持续发展的本质所在。这一观点不仅符合人与自然关系的辩证唯物主义原理，也符合人类社会持久生存和发展的客观要求。

二、科学探索人口、资源、环境与经济协调发展

20世纪90年代以来，李润田及其团队以"人地关系协调理论"为基础，在国内率先开展了区域尤其是省区可持续发展研究。

（一）全面、客观总结我国可持续发展的成就与存在的问题

李润田秉持实事求是的思想，开展了大量的资料、数据调查和咨询工作，并向有经验的专家请教，对中国人口、资源、环境与经济协调发展的现状和问题进行了详细的分析研究。

李润田指出，为了实现人口、资源、环境与经济协调发展改革开放，20多年来，我国在人口、资源、环境与经济协调发展方面做了以下几个方面的工作。第一，积极宣传、贯彻中央有关方针、政策，提高对人口、资源、环境与经济协调发展的认识。第二，加强法制建设，努力建立有利于实现人口、资源、环境与经济发展的优良法制环境，比如我国先后颁布了森林法、草原法、矿产资源法、土地管理法、水法、水土保持法和环境保护法等一系列法律法规。第三，狠抓保护资源和环境的层层落实和领导责任制。第四，编制了国土规划。从上到下全面开展了各个层次的国土规划，为资源的合理开发利用和有效治理保护以及经济与人口、资源、环境的协调发展打下了有利基础。第五，增加了财力投入，加强了机构建设，为人口、资源、环境协调发展提供了重要保证。第六，努力实现治理整顿目标，继续深化改革，理顺经济关系，逐步建立社会主义市场经济体制的运行机制，为经济持续发展创造条件。

尽管全国在促使四者协调发展方面取得了很大进展和成绩，但是长期以来，我国经济发展与人口、资源、环境之间仍然处

于一种不协调的状态,存在不少突出问题。比如人口总量、劳动适龄人口和老龄人口均呈继续增大趋势;水资源、耕地资源严重不足;主要矿产资源对国民经济发展保证程度下降;环境质量恶化,大气污染和水污染十分严重;经济发展中存在的问题等。总之,我国的人口、资源、环境和经济系统不仅各单项要素存在着问题,而且它们之间的相互关系也存在着不少复杂的尖锐矛盾,这种局面如果长期得不到解决,会成为我国实现可持续发展战略的严重障碍。

(二) 系统提出我国可持续发展的基本对策

李润田认为,地区社会和经济可持续发展的关键在于该地区人口、资源、环境与经济之间的关系是否能得到协调地发展,从这一基本观点出发,基于20世纪90年代末的国内外形势,提出以下几方面对策与建议。

第一,继续大力宣传、贯彻中央有关人口、资源、环境与经济协调发展的方针、政策,不断提高全民的整体协调发展意识。各级党委和政府要进一步增强抓好人口资源环境工作的责任意识,要下决心、有计划地加强队伍建设。

第二,继续执行计划生育政策,严格控制人口数量,提高人口素质,加强人力资源开发,缓解我国的人口问题。

第三,努力推进科技进步和经济增长方式的根本转变,开源与节流并举,确保我国资源的可持续利用。积极提倡和鼓励开拓国内外两个市场、利用国内外两种资源。

第四，精心组织国土资源调查评价，开展新一轮国土资源大调查；强化资源的管理、规划，不断提高对资源的保护与合理利用水平；节约利用土地，切实保护耕地，抓好基本农田保护；重点解决北方地区水资源不足的问题；合理开发利用矿产资源，积极调整矿业发展政策；提高能源利用率，改善能源结构；把海洋开发战略和规划工作提上议事日程。

第五，加大综合治理力度，努力保护生态环境。积极发展经济，努力实现速度与效益的统一。

第六，依靠科学技术进步，促进经济、人口、资源、环境的协调发展。

李润田从多个方面系统地给出了中国人口、资源、环境与经济协调发展的具体对策，对中国人口、资源、环境与经济协调发展具有重要的现实意义，也为地理学的实际应用添上了浓墨重彩的一笔。

（三）践行河南区域可持续发展理念，提出目标与对策

李润田将可持续发展理论和观点运用于河南省区可持续发展研究，成果受到了国内学术界和政府有关部门的高度重视与好评。

（1）总结河南省人口、资源、环境与经济协调发展工作。自改革开放以后这20年，河南省在这方面开展的主要工作如下：第一，积极宣传、贯彻中央有关方针政策，提高对人口、资源、环

境与经济协调发展的认识。第二,努力建设有利于实现人口、资源、环境与经济协调发展的优良法制环境。第三,狠抓控制人口、保护资源、环境的层层落实和领导责任制。第四,编制国土规划和建立自然保护区。第五,增加了财力投入。第六,加强了队伍建设,开展了人口、资源、环境与经济协调发展的技术研究工作等。(2)李润田从四大方面指出了河南省人口、资源、环境与经济协调发展存在的问题。第一,人口问题堪忧。河南人口增长速度高于全国水平;育龄妇女人数和生育旺盛期人数增长速度过快;农村青年早婚早育现象比较严重;人口老龄化速度加快,人力资源素质低,开发难度大。河南人口问题不仅表现在数量多,也表现在整体素质差;农村剩余劳动力呈逐年增长趋势,面临的就业压力越来越大。第二,资源问题形势严峻。河南省人均资源占有量偏低;不少资源供需矛盾日益尖锐,特别是土地、矿产、水资源;资源浪费、破坏现象严重,乱采、乱挖问题突出。第三,环境问题令人担忧。具体表现为:环境污染日趋加剧,"三废"排放量危害极大,四大水域污染问题突出,城市噪声扰民现象严重,城市固体废物污染普遍,生态环境不断恶化;土地质量减退,水土流失继续扩展;地下水资源超采过度,造成大面积漏斗区;森林面积不断减少,覆被率逐年下降;农药、化肥施用后果严重;自然灾害十分严重。第四,经济发展很快,但仍很落后,低于全国平均水平。

李润田认为,河南省人口、资源、环境与经济协调发展之间的问题,主要原因如下:第一,各级领导和广大人民缺乏人口、资源、环境意识,而且对四者之间相互促进、相互制约的辩证关系认识不足,重视"单项突出"的思想,忽视或淡化了协调的思想,制定方针时既缺乏科学合理决策的前提,又没有实施后的反馈信息,因此对人口、资源、环境和发展调控存在着极大的盲目性和随意性。第二,各部门、各行业、各地区内部的政策与法规也存在相互矛盾和抵触现象,不易统一和贯彻。第三,中央制定、下达的有关人口、资源、环境与发展等各种重要法规与政策没有真正得到贯彻和落实。第四,企业的短期行为加剧了四者关系的恶化。第五,长期以来经济上受高投入、高消耗增长模式的影响。第六,河南历史上经济过于薄弱,自然灾害过于频繁,特别是人口增长过快给资源、环境等带来了巨大的压力。

基于以上分析,李润田又提出,要实现河南人口、资源、环境与经济协调发展的目标要考虑两点:第一,理论上来讲,人口、资源、环境与经济发展之间的关系属于一个复杂的系统工程,涉及的问题很多,难度也大,必须慎重对待。第二,河南在这方面基础较为薄弱,必须不断总结经验,善于依靠科技进步和运用新理论、新方法。因此,要通过三个阶段实现协调发展的目标。

第一阶段是"低层次协调发展",即到20世纪末,尽最大努力使河南人口、资源、环境与经济发展之间过度紧张的关系和尖锐矛盾得到初步缓解,为21世纪开创一个良好的开端。第二阶段是"中层次协调发展",即"有限协调发展"阶段,要求到2010年能够消除四者之间的消极关系,把消极影响减到最小限度。第三阶段是"高层次协调发展",即"完全协调发展战略",要求争取在21世纪中叶前后实现上述目标。

实现这个目标的具体对策如下:第一,大力宣传、强调树立人口、资源、环境与经济协调发展的意识。第二,及早制定河南省人口、资源、环境与经济协调发展规划纲要。第三,努力提高人口素质。第四,重视自然资源的开发、管理和合理利用。第五,强化环境管理,促进协调发展。第六,积极改变经济落后局面。第七,狠抓科学技术进步,大力发展教育事业。

三、锁定重点行业,开展河南农业可持续发展研究

农业是国民经济发展的基础产业,李润田对河南农业可持续发展问题的研究,为河南省农业发展提供了重要的参考依据。

(一) 剖析可持续农业产生的历史背景

首先,为了缓解世界粮食供需矛盾问题。二次世界大战以后,世界各国的粮食问题愈来愈加严重,主要表现在:粮食供需矛盾日益尖锐化;世界各国农产品的生产与分配极不平衡。其次,为了保护自然资源,解决环境问题。20世纪五六十年代西方发达国家为了加快农业的发展,化肥、农药、除草剂、塑料农膜和农业机械等被广泛应用于农业,出现了一些负面效应:大量使用农药、化肥、除草剂,加上有些方法使用不当,导致土壤、大气、水源等受到严重的污染;水土流失严重,资源损失巨大,土壤肥力不断下降,土壤结构受到破坏;生态平衡失调;农业生产成本

大大提高。20世纪70年代以来,世界上不少国家在发展农业上不得不寻找新的出路,先后出现了有机农业、石油农业、立体农业、自然农业、可持续农业等新的发展模式。

(二) 系统梳理可持续农业发展规律

1985年,美国加利福尼亚州议会通过《可持续农业研究教育法》;加州大学戴维分校成立了"持续农业研究所"。1986年,明尼苏达州议会通过了《持续农业草案》。至此,逐步形成具有创新思维的农业发展思想或发展模式——可持续农业。1993年5月,在中国北京举行了国际持续农业和农村发展研讨会,针对国内外的进展情况,拟订了具体的行动建议。李润田梳理以上可持续农业思想,认为:第一,可持续农业思想一提出就被全世界人们所关注,其根本原因在于这种思想符合社会经济发展的需要。第二,尽管可持续农业提出的时间不太长,但发展迅速,并已成为世界各国实现现代农业最新的模式和行动。第三,人们对它的认识是伴随着社会生产力水平的不断提高和大量的农业生产实践活动而逐步加深和拓宽的。第四,这种认识的提高,主要是从侧重资源和环境保护扩展到兼顾生态效益、经济效益、社会效益的统一,进而达到与农村综合发展以及消除农村贫困相结合的目的;同时,注意当代利益和子孙后代的长远利益。第五,对可持续发展农业的基本概念和内涵的认识与理解,已经越来越接近客观实际。

（三）科学界定可持续农业的概念

由于各国国情不同，对农业发展的要求和走的道路也不尽相同，因此，对可持续农业概念的界定难以达到一致。李润田系统梳理相关研究文献，提出可持续农业的基本概念：凡是不仅能够满足当代社会需要的，而且又不对满足后代社会需要能力构成威胁的具有生产持续性、经济持续性、生态持续性三统一的农业。基本概念的界定，无疑对"可持续农业"研究与实践具有建设性的意义。

（四）探索我国可持续农业发展道路与模式

对于中国农业可持续发展的道路，李润田认为应根据持续发展思想，在吸收外国现代化农业发展经验教训的同时，主要依据我国的基本国情——人多地少、人均资源偏低等实际情况，实施可持续农业战略。

1994年3月《中国21世纪议程》第11章《农业与农村可持续发展》确定的发展目标是："保持农业生产率稳定增长，提高食物生产和保障食物安全；发展农村经济，增加农民收入，改变农村贫困落后状况；保护和改善农业生态环境，合理、持续地利用自然资源，特别是生物资源和可再生产资源，以满足逐年增长的国民经济发展和人民生活需要。"1996年6月国务院发布《中国的环境保护》白皮书，指出"中国政府已经把发展生态农业列为实现环境与经济协调发展的重大对策"。当时，我国已确定的

50个生态农业试点县均已发挥了良好的示范作用,带动了全国10个地区和100多个县的生态农业建设,初步走出了有我国自己特色的可持续农业发展道路。从高产、优质、高效农业的内涵来看,它已摒弃了沿袭几千年的传统农业生产格局,蕴藏着一个以适应市场变化需求为主的现代化商品农业生产的新格局。因此可以说,高产、优质、高效农业道路就是可持续农业在我国现阶段表现出来的一种具体形式,也是加速我国农业现代化进程的有效途径。

从发展趋势来看,我国可持续农业将逐步过渡到生态农业的道路,这也是历史的必然。从1992年起的短短几年间,全国已在不同生态区建立了25个持续农业和农村发展试验点,21世纪,我国将会进一步推广以集约化、高产、优质、高效、低耗为特点的现代化可持续农业发展模式。

(五) 立足河南,开展区域农业可持续发展研究

李润田团队在国内率先开展了河南省可持续农业发展研究,系统地分析河南省农业当前取得的成绩与存在的主要问题,并给出一系列有建设性的建议和措施。

李润田从产品产量、生产条件、产业结构、农产品的商品率、乡镇企业总体实力等方面详细分析了河南省农业发展的成绩,存在的许多问题,如农业生态环境恶化,农业基础设施滞后,农业生产不稳定等。河南农业生态环境恶化问题尤为突出,表现在以下几个方面:严重的旱涝灾害;水土流失日趋严重;地表水

水质进一步恶化;土地盐渍化、沙漠化加重;化肥、农药的污染等。另,科技在农业增长中的贡献率偏低,农业投入严重不足。

李润田团队提出了河南省农业可持续发展的对策及措施。第一,进一步深化农村经济体制改革。稳定以家庭联产承包责任制为主的统分结合的双层经营体制。以家庭联产承包为主的责任制和统分结合的双层经营体制,是农村的一项基本经济制度。同时,积极推进土地的适度规模经营。第二,多形式、多渠道加大对农业的投入。第三,继续改善农业生产基本条件,合理开发利用农业资源。第四,积极加强农业生态环境建设。第五,强化"科技兴农"。第六,大力发展农副产品深加工工业。第七,推进农业产业化进程,实现两个根本性转变。第八,进一步完善农村社会化服务体系。

农业区域综合开发是我国振兴农村商品经济,使农业生产向深度和广度进军的一项重要战略措施,李润田认为,河南省在实现农业可持续发展的过程中,需要将农业区域综合开发与可持续发展结合起来,逐步解决全省人多地少的矛盾。李润田对农业区域综合开发与可持续发展相结合的研究,为农业可持续发展找到了很好的出路。

农业区域综合开发的指导思想是:第一,把增加粮食产量放在开发的首位,这是因为粮食是关系国计民生的战略物资,在我国经济和社会发展中始终处于十分重要的地位。第二,始终坚持以改造中低产农田为重点,以增产粮棉油肉为中心,实行水土田林路综合治理,实现农林牧副渔业的全面发展。第三,积极改善农业生产基本条件,增强农业发展后劲,在提高粮、棉、油、肉等主要农产品综合生产能力的同时,以市场为导向发展多种经营,以"龙头"项目带动产品的系列开发,把保证粮棉油肉等农产品的稳定增长与增加农民收入的目标结合起来。

李润田团队在详细分析河南省农业区域综合发展现状与问题的基础上,指出河南省农业区域综合发展的重点是水利建设、种植业建设、林业建设、农机建设和多种经营以及龙头项目建设。必须解放思想,提高认识,进一步加强对农业综合开发工作的领导;坚持正确的开发指导思想,统一规划,合理布局,抓好典型,全面推进;进一步推行以自力更生为主、国家扶持为辅的农业开发投入机制;依靠科技进步提高开发效益,深入发动群众筹集资金;大力加强各部门、各学科之间的协作;坚持搞好农业综合开发项目的评估工作。

参考文献

[1]《河南大学校史》编写组.河南大学校史[M].开封:河南大学出版社,1992.

[2]《河南大学校史》修订组.河南大学校史[M].开封:河南大学出版社,2012.

[3]开封师范学院地理系嵖岈山人民公社调查规划组,中国科学院河南分院地理研究所.嵖岈山人民公社地理[M].北京:商务印书馆,1959.

[4]李润田.现代人文地理学[M].开封:河南大学出版社,1992.

[5]李长傅.李长傅文集[M].开封:河南大学出版社,2007.

[6]李润田.人地关系的回顾与展望:兼论人文地理学的创新[C].广州:中国地理学会年会,1979.

[7]李润田.我国人文地理学发展的回顾与展望[J].河南大学学报(自然科学版),1984,14(3):13-20.

[8]李润田.开封城市的形成与发展[J].河南大学学报(自然科学版),1985,15(3):5-14.

[9]李润田.关于人地关系问题初探[J].河南大学学报(自然科学版),1986,16(3):1-9.

[10]李润田.黄河对开封城市历史发展的影响[J].历史地理,1988(1):12.

[11]李润田.进一步发挥开封历史地理优势问题初探[J].河南大学学报(自然科学版),1991,21(1):79-84.

[12]李润田.河南人口·资源·环境丛书.[M].郑州:河南教育出版社,1994.

[13]李润田.略论中国历代河南城市的发展与特点[M]//朱士光,上官鸿南.史念海先生八十寿辰学术文集.西安:陕西师范大学出版社,1996.

[14]李润田.新中国人文-经济地理学发展的见证:李润田文集[M].北京:科学出版社,2016.

[15]梁仁彩.参加中华地理志工作点滴回忆[EB/OL].[2010-06-17].http://www.igsnrr.ac.cn/sq70/hyhg/kyjl/201006/t20100617_2883350.html.

[16]刘宏.九一八事变后社会教育界开展的救国教育[J]."九一八"研究,第十七辑,109-118.

[17]刘统.中国革命战争纪实·解放战争:东北卷[M],北京:人民出版社,2007.

[18]刘玉玲.李润田高等教育思想研究[D].开封:河南大学,2018.

[19]马翠轩,王宏宇.百年光影[M].郑州:河南大学出版社,2013.

[20]潘少奇.李润田:静静走在喧嚣中[EB/OL].[2014-

12-26].http://ganbu.henu.edu.cn/info/1008/1509.htm.

[21]石岩.九一八事变前中国东北的社会情况[J].信阳师范学院学报(哲学社会科学版),2010,30(6):143-146.

[22]孙敬之.华东地区经济地理[M].北京:科学出版社,1959.

[23]席丹.河南省高等院校重点学科建设现状及发展研究[D].开封:河南大学,2011.

[24]杨开忠.中国人文地理学复兴的回顾、反思与展望[J].人文地理,1991,6(2):8-15.

[25]杨利娟,刘春霞.世纪华章·百年光影[M].郑州:河南大学出版社,2012.

[26]张在军.东北大学往事:1931-1949[M].北京:九州出版社,2018.

[27]张召鹏.三十年 往事并不如烟:纪念河南大学恢复校名三十年[EB/OL].[2014-12-18].https://news.henu.edu.cn/info/1012/90937.htm.

[28]河南省反邪教协会成立 王全书到会讲话[EB/OL].[2001-04-11].https://news.sina.com.cn/c/228651.html.

附录:李润田科研成果

论文:

[1] 尚世英,李润田,王建堂.人民公社工业化问题的初步探讨[J].开封师范学院学报,1960,(02):1-14.

[2] 李润田.试论土壤资源的农业评价问题[J].开封师院学报,1962,(03):65-83.

[3] 李润田.关于地貌条件农业评价问题的初步研究[J].河南师范大学学报,1980,(01):101-112.

[4] 李润田.关于地表水资源农业评价问题的初探[J].河南师范大学学报,1982,(01):1-10.

[5] 李润田.河南省山区建设方向途径问题的探讨[J].河南师大学报(自然科学版),1983,(03):1-11.

[6] 李润田.关于综合农业区划的几个问题[J].中州学刊,1983,(03):36-41.

[7] 李润田.我国人文地理学发展的回顾与展望[J].河南大学学报(自然科学版),1984,(03):11-18.

[8] 李润田,穆桂春.关于农业地貌条件评价的研究[J].地理研究,1985,4(04):22-30.

[9] 李润田.开封城市的形成与发展[J].河南大学学报(自然科学版),1985,(03):1-10.

[10] 李润田,汪秉仁.关于水资源农业评价若干问题的探讨[J].自然资源,1985,(03):8-15.

[11] 李润田.关于人地关系问题初探[J].河南大学学报(自然科学版),1986,(03):1-9.

[12] 李润田.气候条件农业评价问题的探讨[J].河南大学学报(自然科学版),1987,(03):1-8.

[13] 李润田.地下水资源农业评价问题的初步探讨[J].河南大学学报(自然科学版),1988,(03):1-6.

[14] 李润田.黄河对开封城市历史发展的影响[J].历史地理,1988,(01):45-56.

[15] 李润田.土壤资源的农业经济评价问题[J].河南大学学报(自然科学版),1989,(03):21-32.

[16] 李润田,秦耀辰.河南工业布局问题探讨[J].地理科学,1990,10(03):273-245,292.

[17] 李润田,袁中金.论乡村地理学的对象、内容和理论框架[J].人文地理,1991,(03):21-27.

[18] 李润田.进一步发挥开封历史地理优势问题初探[J].河南大学学报(自然科学版),1991,(01):77-82.

[19] 李润田.关于我国沿边开放中几个问题的初步探讨[J].云南地理环境研究,1993,(01):79-83.

[20] 李润田.中国烟草产业发展问题初探[J].河南大学学

报(自然科学版),1994,24(03):77-81.

[21] 李润田,李永文,李小建.河南卷烟工业生产发展的回顾与对策[J].地域研究与开发,1995,14(02):19-22.

[22] 夏保林,李润田.产业带动,双向推进:中原地区城镇化的根本道路[J].经济地理,2000,20(03):62-65.

[23] 李润田.中国地理学如何面向21世纪[J].地域研究与开发.2002,21(03):13-15.

[24] 李润田,丁圣彦,李志恒.黄河影响下开封城市的历史演变[J].地域研究与开发,2006,25(06):1-7.

[25] 李润田.县域经济几个基本理论问题研究[J].地域研究与开发,2004,23(06):1-4.

[26] 李润田.中国地理学发展的世纪回顾[J].地理科学,2008,28(01):10-14.

[27] 李润田.吴传钧院士对中国地理学发展的重大贡献及其治学精神[J].地域研究与开发,2008,27(02):1-3.

[28] 李敏纳,覃成林,李润田.中国社会性公共服务区域差异分析[J].经济地理,2009,29(06):887-893.

著作：

[29] 李润田,林富瑞,尚世英.河南省经济地理[M].北京:新华出版社,1987.

[30] 李润田.现代人文地理学[M].开封:河南大学出版社,1992.

[31] 李润田主编.河南人口资源环境丛书[M].郑州:河南教育出版社,1994.

[32] 李润田,商幸丰,王浩年.中国交通运输地理[M].广州:广东教育出版社,1994年.

[33] 李润田,商幸丰.京广线漫步[M].广州:广东教育出版社,1994.

[34] 周立三著,李润田参编.中国农业地理[M].北京:科学出版社,2007.

[35] 李润田,李永文,管华,等.中国资源地理[M].北京:科学出版社,2003.

[36] 李润田.新中国人文-经济地理学发展的见证:李润田文集[M].北京:科学出版社,2016.

论文集:

[37] 尚世英,李润田.河南省农业现状区划的初步研究[C]//中国地理学会.中国地理学会年会论文选集(经济地理学).北京:科学出版社,1963.

[38] 尚世英,李润田.河南省土地利用的几个问题[C]//中国地理学会.中国地理学会年会论文选集(经济地理学).北京:科学出版社,1963.

[39] 李润田.关于地貌条件农业评价问题的初步研究[C]//中国地理学会.中国地理学会地貌学术讨论会文集.北京:科学出版社,1965.

[40] 李润田.河南省乡镇企业发展现状、环境问题及其对策[C]//区域可持续发展理论、方法与应用研究.开封:河南大学出版社,1977.

[41] 李润田.略论中国历代河南城市的发展与特点[C]//史念海先生八十寿辰学术文集.西安:陕西师范大学出版社,1996.

[42] 李润田.关于农业综合开发若干理论问题初探[C]//地理学与农业持续发展文集.北京:气象出版社,1993.

[43] 李润田.河南区域经济开发历史回顾[C]//河南区域经济开发研究.开封:河南大学出版社,1993.

[44] 李润田.关于可持续发展几个基本理论问题的初探[C]//区域可持续发展理论、方法与应用研究.开封:河南大学出版社,1997.

[45] 李润田.河南人口、资源、环境与经济协调发展的问题及其对策[C]//区域可持续发展理论、方法与应用研究.开封:河南大学出版社,1997.

[46] 李润田.略论河南省人口、资源、环境与经济协调发展[C]//回顾与展望:河南省历届领导今日谈.北京:红旗出版社,1999.

[47] 李润田.关于农业区划方法论几个问题的初探[C]//河南师范大学一九八〇年度科学讨论会论文集.新乡:河南师范大学出版社,1981.

[48] 李润田.我国经济地理学如何面向21世纪[C]//经济

地理学发展回顾与瞻望.北京:中国科学院地理研究所,1988.

[49] 李润田.河南省农业可持续发展问题初步研究[C].迈向21世纪的中国·城乡与区域发展.香港:香港中文大学香港亚太研究所,1999.

部分手稿：

[1]《河南农业资源的现状、潜力及可持续利用对策》

[2]《河南农业发展简史的回顾与启示》

[3]《河南省山地开发利用初探》

[4]《关于地区生产布局中工农业关系问题的初步探讨》

[5]《学习〈论十大关系〉中〈沿海工业和内地工业的关系〉的体会》

[6]《关于河南工业合理布局问题的探讨》

[7]《关于发展乡镇企业中的几个关系问题》(合著)

[8]《河南旅游资源与旅游业发展初探》

[9]《自然条件对洛阳城市历史发展的影响》

[10]《河南农业区域综合开发与农业可持续发展问题研究》

[11]《加快黄淮四市农区发展几个问题的思考和认识》

[12]《用科学发展观指导我国人文地理学发展的思考》